文筆系トークバラエティ

ご本、出しときますね？

TALK BOOK VARIETY

BSジャパン／
若林正恭：編

ポプラ社

ご本、出しときますね？

はじめに　親愛なる本好きのみなさんへ

「小説家さんとのトーク番組、やれますかね?」

テレビ東京の佐久間（さくま）プロデューサーにそう提案したのは僕だ。これが、BSジャパンで放送された番組、『ご本、出しときますね?』が生まれるきっかけになった。

小説を偏愛する僕が、幸運なことに小説家の人たちと飲みに行けるようになったのはここ数年のこと。そこで繰り広げられる会話のカオスっぷりと面白さは、独り占めするにはあまりにもったいなかった。

人としての「小説家」の面白さは、その人が書く作品とはまた別次元のものだ。面白いといっても、僕たち芸人の面白さとはまた違う。

別に高尚なことを語っているわけじゃないのに、むしろくだんないことばっかりなのに、小説家が話すと妙に深く、そして新しく聞こえてくるから不思議なのだ。もっといろんな話を聞きたくて、一緒に飲んでいた佐久間さんに直談判した。佐久間さんも彼らのいい意味でネジの飛んだトークを目の前で聞いていたから、快諾してくれた。つまり、この『ご本、出しときますね？』は若林（オレ）得企画なのである。

そういうわけで、番組には僕がプライベートで飲んでいる人も多く登場していただいた。西加奈子（にしかなこ）さんや朝井（あさい）リョウくんは、「レギュラーか？」ってくらい出てくる。

小説家の生態は謎だ。この番組では、小説家が普段何を考え、どうやって作品を生み出しているのか、様々なトークを通してその頭の中を覗いていく。

あんなにぶっ飛んだ作品を書く「世界の中村文則（なかむらふみのり）」が実はギャグを連発する気さくな兄ちゃんだったり、山崎（やまざき）ナオコーラさんが収録に遅刻しそうになって公道を爆走してきたり、毎回、そのギャップに驚かされた。

「本好きのみなさんへ」と言いつつ……この本を手に取ってくれた人のなかには、普段は本を読まない人も大勢いるだろう。「本を読みたいけど、どれを読んでいいのかわからない！」そんな人にこそ、この本を読んでほしい。作品じゃなくて、その書き手である「小説家」から入るのだってアリだと思うのだ。

そのくらい、小説家って面白いのだ。
『ご本、出しときますね？』が、本好きの同志が増えるきっかけになれば嬉しいです。

二〇一七年四月　若林正恭

CONTENTS

CONTENTS

第一回

朝井リョウ × 西加奈子

異世代の人が納得しあうのに
オススメの一冊

ご本、出しときますね?

朝井リョウ
（あさい・りょう）

1989年生まれ、岐阜県出身。2009年『桐島、部活やめるってよ』で第22回小説すばる新人賞を受賞し、デビュー。2013年『何者』で第148回直木三十五賞、『世界地図の下書き』で第29回坪田譲治文学賞を受賞。他の著作に『スペードの3』『武道館』『ままならないから私とあなた』『何様』、エッセイ『時をかけるゆとり』など多数。

西加奈子
（にし・かなこ）

1977年イラン・テヘラン生まれ、カイロ・大阪育ち。2004年『あおい』でデビュー。2007年『通天閣』で第24回織田作之助賞、2013年『ふくわらい』で第1回河合隼雄賞、2015年『サラバ!』で第152回直木三十五賞を受賞。他の著作に『さくら』『きいろいゾウ』『円卓』『漁港の肉子ちゃん』『舞台』『ふる』『まく子』、絵本に『きいろいゾウ』『めだまとやぎ』『きみはうみ』『i』など多数。

Q. 自分の作品で、いい作品とそうでもない作品ってありますか？

若林 これは僕の質問ですね。プライベートでは聞きにくいじゃないですか（笑）。小説家さんは、それぞれの作品をそのときのご自身の全力で書かれるでしょ？　だから、自分の中ですごく可愛い作品と、そうでもない作品があるのかな？　と思って。

西 **結果的にある。**書くときはないねんけど。

朝井 執筆中は、それが最高傑作だと思ってますよ。

西 後々反省することはある……。

若林 全力で書き終えて、ようやく本になる。そして書店で売り始めて、世間の反応がわかりますよね。ご自身はどのくらいのタイミングで「この作品はいいな、この作品はここが反省点だな」って思うんですか？

朝井 いくつか種類があって、「話の構造にミスがある」という場合は、正直、書き終わったときにわかります。ムリしているところが浮き出てくる感じです。でも、読者からの反応が来て初めて**「これは社会にハマんなかった」**ってわかるときもある……。

若林 それは売り上げじゃなくて、感想でわかるんですね？

小説家は本の実売数を知らない！

朝井 感想ですね。我々小説家は、刷り部数しか教えてもらえないんですよ。実売の部数は知らないから、売れているのかどうか実感できなくて、数では読者の反応が摑めない。

西 そのことをこの子（朝井）に教わったんやけど。知りたくなかったわ（笑）。

若林 でも、売れるから増刷するんでしょ？

朝井 そこが微妙なラインなんです。出版社に「初版を一万部刷りました！」とは教えてもらえても、**「何部売れたから増刷したのか？」はわからない**。彼らは教えてくれないんですよ！

実売数を知りたい朝井リョウ・知りたくない西加奈子

西 私は実売数なんか、聞かんようにしてるもん。この子は果敢にな、全部知ろうとするねん。めっちゃハート強いねん。だって紀伊國屋のパブライン（紀伊國屋書店全店の販売情報を、インターネットを通じて公開しているサービス。各書籍の売り上げを見ることができる）見てんねんで！（笑）

朝井 出版社は実売数を教えてくれないけど、**それを導き出す方程式**を見つけ出したんです。

西 そんなん、知りたないやろ⁉

朝井式「本の実売数を割り出す方程式」

朝井 紀伊國屋書店はチェーン全体で、全国の書店のうちの二十分の一の店舗数なんですよ。だから紀伊國屋のパブラインでの自分の本の売り上げを見て、それ（売り上げ）×二十をすれば、全国でどれくらい売れてるかだいたいわかるらしいです。

西　すごない⁉

若林　（爆笑）それを知って、どういう気持ちになるんですか？　嬉しくなる？　どういうときにああ〜…（悲）って思うの？

朝井　嬉しいとか悲しいとかっていうより、僕は自分の市場価値を見失いたくないんです。カン違いしたくないというか。

西　あぁあぁあ……かっこええ……すごいなあ、あんたは……。

朝井　かっこいいんじゃなくてビビりだからですよ（笑）。一作目（『桐島、部活やめるってよ』第二十二回　小説すばる新人賞受賞作）は、新人賞を獲って出してもらえた——つまり、選考を経て世に出た作品です。でも、二冊目以降は、選考がなくなるわけですよね。その作品を別の新人賞に出しても賞を獲れるかというと、そういうわけじゃない。それなのに、本を出してもらえるということが怖すぎて。しかも、周りの人は**いいことばっかり言う**じゃないですか。

若・西　はいはいはいはいはい（爆笑）。

西　編集者は内容云々の前に朝井リョウの本を出したいからな。その作品をほんまにいいと思ってくれてるかわからんからやろ？　それ、すーごいわかるわ。

若林 編集者の人とがっつり話し合いながら書くわけじゃないの？

小説は編集者と考えて書く？

西 **私、あんまり話さへん**かも。書きあげたやつを読んでもらうのが多い。

若林 へ～、人によってスタイルがあるんだねえ。朝井くんは？

朝井 編集さんに読んでもらうと、編集さんがたまに「このキャラクターはこういうこと言わないと思うな」みたいなアドバイスをしてくださるんですけど、**「何言ってんの？（現実には）いないからこの人」（真顔）**って思うんですよ。「今、わかったように言ってますけど、何を知ってるんですか？」って。

若・西 （爆笑）

若林 そうだよね（笑）。よく考えたらね！

若林 映画とかドラマとかね。おふたりの小説、映像化されてますもんね。

Q. 作品が映像化されるとき、口を出すんですか？

西　**台本も見ない。**

朝井　（西を指差しながら）ね、この人すごくないですか……？

若林　台本も見ないの？　全く？　「（小説から）ちょっと変わります」とか言われても？

西　全く変わってもいい。

若林　映画ができたら観る？

西　映画は大好きやから楽しみに観るけど、自分の本の脚本とか、全部、何してくれてもいい。

若林　現場へは？

西　行かへん……昔、一回だけ行ったんやけど、行かんかったらよかった！　と思った。

若林　なんで？

西　こちらどうぞ！　とか椅子勧めてくれたりするやん……。

朝井　わかる……。

西　それが嫌やねん。なんか嫌やねん。

西加奈子、撮影現場の接待がイヤ

若林 そりゃやるよ！（笑）

西 嫌やん！ その人たちの世界やん！ そこへ「原作者ですぅ〜☆」って行って「こちらへどうぞ〜」とか優遇されたくない。ほんまに、**原作者クソやって思って自由にやってほしい。**

若林 現場は言うわけにはいかないでしょ（笑）。

朝井 **原作者、絶対邪魔**だと思うんですよ。そもそも仕事場にイレギュラーな人が来るって邪魔じゃないですか。

西 絶対に自分で脚本書きたい人っておるやん。もう**こんな原作ありきブームやめたってや**と思うねん。自分の好きなん撮らしたってって思う。

西 村田沙耶香(むらたさやか)って作家はわたしの、わたしたちのいちばん。宝物です。いろんな意味で。

Q. この人面白い！と思う小説家は？

若林　あの人も変わってますよね……。

西　おかしい。よーう生きてきたと思う。

若林　僕も、こないだ初めて会ったんですよ。言っていいかわかんないですけど……**よく男の人にいきなり抱きつかれちゃう**んですって。コンビニでバイトしてたときも、飲み物を補充してたら抱きつかれたって。

西　（笑）

若林　そういう、抱きついても大丈夫そうな人っているんですかね？

西　優しすぎるねん。「怒」の感情がゼロで、自分が世界でいちばんダメやと思ってるから。たとえば誰かを気持ち悪いと思う感情がないねん。なぜなら、「**私がいちばんおかしいから**」と思って生きてるから。本気で。メッチャかわいい人やねんけど。

若林　大変な人ですよねえ。作家さん同士は、どういうところで仲良くなるんですか？

小説家同士は、どこで仲良くなる？

西　パーティーとか？

朝井　（嫌そうに声を潜めて）パーティーとか言うとまた……。

朝井リョウ、「パーティー」はNG

若林　気にしすぎでしょ（笑）。パーティーはパーティーでしょ？

朝井　なんか、集い？　集いがあるんですよ。

若林　そのほうがいやだよ（笑）。集いって。

西　朝井くんが同期の子らと仲良いのはなんでなん？　この子、同年デビューの柚木麻子さんと、窪美澄さんとすっごい仲ええねん。

朝井　仲が良いって言っても……。わかりやすく説明すると、内側を向いて円陣を組んでるんじゃなくて、みんなで**背中合わせの状態で銃を構えてる**んですよ。

西　仲ええやん！

若林　それ、いちばんの結束の強さじゃん。

朝井 普段は**いがみ合ってる**んですけど。

若林 いがみ合ってるの⁉

朝井 はい。会う前は、本当にお互い、いがみ合ってて。（読者の）パイを奪い合ってると思ってたので。

若林 ライバル意識があるんだね。

西 この子らは隠せへんねん。この三人はすごい。もうな、**誰かが賞を獲ったら悔しくて泣いた**とか言うてはる。でもそれを言い合えるって、仲ええよな。

朝井 初めて直木賞の候補になったときに、柚木麻子という作家から夜中に電話がかかってきて、「あんたさあ、直木賞の候補になったんだって？」って。だから「はい、まだ言っちゃいけないんだけど」って答えたら、**「私は今、池の前に立っています」**って。**「今から飛び込もうかと思っています」**みたいな。

西 上野の、不忍池（しのばずのいけ）にな（笑）。

柚木麻子、嫉妬で入水（じゅすい）⁉

朝井 そう。あの人、不忍池の前に立ってた。池に飛び込もうとしてたんですよ。でも、それを聞いて気持ちいいんですよね。みんな、いい作品を書いて、相手を悔しがらせたいんです。

若林　本を書く人っていろんな人間の感情があるから、自分の悔しさを客観的に見てるのかと思ってた……結構バカなんだね（笑）。

朝井　悔しさの表現がね（笑）。

「〝身を削った者が強い〟と言う人を信用しない」朝井リョウ

マイルール

これだけはする、これだけはしないと自分に課している〝ルール〟。
そこに秘められたそれぞれの人生哲学とは？

西　怖っ！

若林　西さんは言わなそうだもんね。

朝井　これ、スポーツ界で言われることが多いと思うんです。高校野球とか。僕、「高校球児だって眉毛剃ってよくね!?」って思うんですけど、「眉毛を剃ってる暇があるなら練習しろ！」とか言う人、いるじゃないですか。たいてい、上の世代の人に多い。何が悪いのかわからないんですよね。

練習以外は悪→意味不明

若林　眉毛を剃ることの？

朝井　僕、今年（二〇一六年）に箱根駅伝で優勝した青山学院大学陸上競技部が大好きなんですけど、そこは、「**ハッピー大作戦**」っていうすごくいいスローガンを掲げていて。

＊ハッピー大作戦……青山学院大学陸上競技部が行ったすべてをプラス思考でやっていく作戦。

朝井　七区を走った小椋（おぐら）くんが、インタビューで「走り終わったあと、彼女が〝かっこよかった〟って褒めてくれました☆」って答えてたんですよ。もう、**新時代の幕開けを見た**ような気がして。そんなこと言ってくれるアスリートはこれまでいなかった。「毎日毎日練習して、すべてを捧げて、やっと獲れました」っていうのが美しくて、だから今まで、そういう物語が多かった。でも小椋くんは、「彼女がかっこよかったって言ってくれました、ハッピー指数は二百パーセントです！」って言ったんですよ。もうね。（拍手）

西　作家も「身を削って書いた」みたいなこと言うけど、朝井くんはそう言わんように決めてんねんな。本当は身を削ってるんやけど、それを見せない。**デ・ニーロアプローチがイヤ**って話をしてたな。必要やねんけどな。

デ・ニーロアプローチが苦手な朝井

朝井　いや、もちろん必要なんだけど、その**努力を作品に加点してしまっている**じゃないですか。だから、**覆面作家がいちばんいいな**って思う。

西　せやな。せやな。

若林　でもやっぱ、俺はひねくれてるから、箱根駅伝を見ると、自分は**彼女がいな**

くて、何区も任されない四年生だと想像しちゃう。で、監督が「このたびハッピー大作戦と名付けます」とか言ったら、**おおおぃ！**って思うね。

若林は、反対派の学生

西 きっと家もそんな裕福じゃなくてな。青学の学費でいっぱいいっぱいでな。

若林 そう。俺は古い人間だからさ、青学っぽいなあと思ったよ、ハッピー大作戦。

マイルール

「今日わかってもらおうとすると口喧嘩になる」若林正恭

若林　「今日わかってもらおうとしないように」って思いながら人と話してるんです。

西　今すぐにじゃなくて、長いスパンでわかってもらうってこと？

若林　**ライブに遅刻していくのがかっこいいと思ってる後輩がいる**んです。開始時刻ギリギリに行って、「余裕です」とか言いつつまあまあ滑ってる若手の漫才師。やっぱり飲むとぶっ飛んでるんだよねぇ。もちろん上下関係も知らないし。酔っ払ってきた俺は、ここらでちょっと詰めておこうと思ったの。「お前、この前劇場のライブ遅刻してたけど、M‐1の予選は十五分前に入ってたらしいな？　仕事ナメてんだよな？」って聞いたら、「まあ……」みたいな感じで響いてない（笑）。でも、今日コイツを変えようと思ったら失礼なこと言っちゃうし、**自分が言ったことが種**みたいなもんだと思って。自分が植えたもんが十年後かもしれないし、一か月後かもしれないけど、いつかわかってくれるといいな、っていう風にしないとね、**飲みすぎちゃう**んだよね。

朝井　意外な結論。飲みすぎないように（笑）。

西　今日この人を変えようと思うと、爆弾みたいなこと言っちゃうもんな。即効性のあることばっかり言っちゃう。

若林 そうそうそう。

朝井 信頼関係ないとできませんよね、いつかわかってくれるだろう、みたいなの。

西 あと、愛情がないとな。

若林 うん。それに、自分の言葉が種だって思うのも上から目線じゃない？ 自分の意見を言うときに、相手に絶対にわかってもらいたいって思うと、言葉が角ばってきちゃう。

朝井 僕は、**その場で、絶対にわかってもらいたい派**ですね。

わかってもらいたい朝井リョウ・わかってもらおうと思わない西加奈子

朝井 作品の中で、めちゃくちゃ説明しちゃうんですよ。西さんは読者を信頼して、すぐにわかってもらわなくてもいいって思って書いてる気がする。

西 それすら思ってないけどな。でもそうやな、わかってもらおうと思って書いてないねん。そもそもな。

若林 朝井くんはわかってほしい？

朝井 はい。この（自分と西の間を指して）間に若林さんがいるんでしょうね。今日わかってもらわなくてもいいからいつかわかってほしい若林さん、今日わかってもらいたい僕、そして西さんはわかってもらおうなんて思ってない。

若林　たとえばさあ、作品の感想が来てさ、自分の狙いと違うってことがままあるわけじゃん。そういうときって「違うんだよおお！」って思うの？

朝井　**めっちゃ思います**よ。僕が思うものと、違う受け取り方をされている。

若林　読めてねえぞ！　って？

朝井　僕、**右足→右手→左足→左手って順番に縛りつけて、最後に相手の頭を掴んでワァーって喋る**作品を書くことがすごく多いんですよ。

朝井リョウ、緊縛スタイル

朝井　だから、小説じゃなくて演説みたいって言われる作品もいくつかあります。

西　朝井くんの作品はそうやな。目の前で言われてる感じがする。

朝井　それでも全然違うように読まれちゃうと、「こんなに頑張ったのにダメなら、次はもっと縛りつけなきゃ」（真顔）って思っちゃう。

西　縛りが甘かった（笑）。

朝井　「**も〜っと縛らなきゃ♡**」って。

若・西　（爆笑）

朝井　読者を信頼していないから縛るのか、信頼しているから話を聞いてほしくて縛るのかよくわからないんですけど……。

西　信頼っていうか、朝井くんは優しいんじゃない？　朝井くんはちゃんと読者にコミットしようとしてる。私、書くときは読者は関係ないと思ってしまってるかも。

朝井　相手が自分と関係あると思ってるからこそ、わかってもらいたいってことですね。若林さんも、後輩のことを無関係だと思ってないからこそ、注意してあげてる。ちなみに、二年くらい前に話した後輩が、今になって「俺の言ったこと、ちゃんとわかってるな」って思ったことあります？

若林　まだ後輩に説教しだして年数が経ってないけど、わかってもらうのは**無理そう**。説教してる俺自身、昔は、今の後輩と変わんねえなってことが多かったの。許されるなら二十代のころの先輩たちに土下座して回りたい。**前田健**（まえだけん）**と青木**（あおき）**さやかに挟まれて、路上で正座させられながら説教された**ことがあって。腹立ってさあ、帰りにマエケンの家のポストを肘でグチャグチャにしてから帰ったことがある。

西 それ、今は納得できる？　なんで怒られたんか。

若林 できる。そりゃ怒られるわって思うね（笑）。

マイルール

「仕事・執筆に関して、時間やノルマは一切決めない」西加奈子

若林 小説って、原稿の締切が決まってるよね？

西 私ね、**小説に関しては締切っていうのがない**の。短編以外は、書きおろした

やつをお渡しするってスタイル。私は真面目すぎて、「朝の九時から十一時まで書く」とか決めちゃったりすると、飲んだ次の日に寝ちゃって、十一時とかに起きると、その日一日罪悪感で死にそうになるねん。「やってない!!（涙）」と思って。だから一切決めないことにしたら、楽になったの。

朝井 決めなくても書けます？

西 書ける書ける。

若林 今日は書けるなって日と、書けないなって日があるの？　脳みその健康というか。

書ける日と書けない日がある？

西 あるよ。調子いいとき、あるよね。あれ結構嬉しいよね。

朝井 あるある。

西 ゾーンみたいなのがあんねん！

若林 それがいつ来るかはコントロールできないんだ。

西 でも来た瞬間、来た来たいけるいけるってなるけど、できへん日**ホンマ豚みた**

い。そうなると家事もできない。豚になってずっと同じチャンネルを観る。

朝井 豚みたい（爆笑）。

若林 小説を書くとき、最初に、「登場人物はこういう性格の人だ」とか決めるの？

小説の登場人物、初めから性格を決める？

朝井 西さんはどうやってます？

西 これ言うと朝井くんがチッて言うと思うけど、

朝井 あっ、**降りてくるタイプ**だ……。

西 降りてくるヤツにチッて思ってるやろ！

朝井 いや、羨ましいんですよ！

若林 登場人物の台詞が降りてきて、手が動いちゃうやつね。

西 そんなん言うたらめっちゃ天才みたいやけど、

朝井 いや羨ましいですよ。

西 **イジってるやん！**

朝井 いやイジってはないですけど、ふふ（笑）。

西　何か月も書くから、登場人物たちとも付き合いが長くなるやん。ほな、この子やったらどうやろ、こっちの子やったらどうやろって書いていく。自分を投影するっていうのはあんまりないけど。でも角田さんがおっしゃってた。降りてくるってことが一切ないって。書くことなくなったりしないんですか？　って聞いたら、あるよって。そういうときどうするんですか？　って聞いたら、**TSUTAYAの会員になったよ**って言うてた（笑）。

角田光代、困ったときはTSUTAYA

西　TSUTAYA行ってレンタルビデオ借りて、っていう……そういう作家もおる。

若林　我々読者は、〝降りてきて〟書いてるんだと思ってるんですよ。

朝井　いやいや。（渋い顔）

西　作家へのイメージな。

今回の「ご本、出しときますね?」

異世代の人が理解しあうのにオススメの一冊

若林 今回の話を踏まえて、朝井さん、**縦社会に納得がいかない若い人にオススメの一冊**を処方してください。

朝井 縦社会に納得がいかない若者かあ(苦笑)

若林 もうちょっと広くてもいいです。これから社会に出ていくのが不安な人とか、自信がない人に。

朝井 加藤秀行(かとうひでゆき)さんの『シェア』です。吉田修一(よしだしゅういち)さんが推薦文を書かれていて、それが**【触れればすぐに破れる「今」という薄い膜に、作者の指は慎重に触れようとしている】**というものなんですけど、まさにその通りの作品。言葉にできない新世代感が行間から溢れ出ている。だから、年齢だけ若くて考え方が古い僕なんかは、疎外感を覚えるかもと不安だったんですけど、新世代感溢れる登場人物たちの心情や生活を描いたほんの一行の中に、**こっちを全く突き**

放していない人間味がある。なので、考え方がきちんとアップデートされていて、縦社会に納得がいかない若い人は、この本を自分の上司に勧めてみてはどうでしょうか。新世代である自分たちの変わった部分と変わっていない部分を理解してもらえて、そのあとお互いに歩み寄れるような一冊なんじゃないかなと思います。

若林 へえ〜面白そう。

若林 というわけで、本日のオススメは『**シェア**』。

『シェア』
加藤秀行
文藝春秋

第二回

西加奈子 × 長嶋有

憧れの人やスーパースターにまつわる オススメの一冊

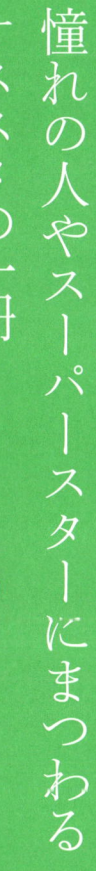

ご本、出しときますね?

長嶋有
（ながしま・ゆう）

1972年埼玉県生まれ、北海道育ち。東洋大学2部文学部国文学科卒業。2001年『サイドカーに犬』で第92回文學界新人賞を受賞。2002年『猛スピードで母は』で第126回芥川龍之介賞、2007年『夕子ちゃんの近道』で第1回大江健三郎賞、2016年『三の隣は五号室』で第52回谷崎潤一郎賞を受賞。他の著作に『フキンシンちゃん』『祝福』『問いのない答え』など多数。

西さんのプロフィールは、第一回（12ページ）をご参照ください。

若林 長嶋さんと西さんは、面識はある……？

西 ありますあります。

長嶋 そうですね、もう何年も前から西さんの家でお花見をしてます。

西 初めて会ったんは、（山崎）ナオコーラちゃんとトークショーしたときだね。

長嶋 そうですね。いきなり**「この人は変な人だ」というフォルダ**に入れられたな、って思った瞬間だった（笑）。

若林 長嶋さんは小説とエッセイ、違う名前ですよね？

長嶋 そうですね。僕は、新人賞獲る前に別名のブルボン小林（こばやし）という名前でライターとして活動してたんで。応募したのは大学以後ですね。

若林 じゃあ、普通の社会人だったんですか。

長嶋 そうですね。フリーターをやって、ラーメン屋のどんぶり洗ってね。**甲本（こうもと）ヒロトもそうしてたんだ、**みたいな。

若林 **甲本ヒロトが保険になってた**んですね。曲こそつくらないけど、彼もどんぶり洗ってたわけですよね。（舌を出しながら）こうやって。

長嶋 そうそうそう。

若林　違うでしょ！（笑）

長嶋　長嶋有って本名なんだけど、これだと、女性だと思われるから……。

長嶋有、女性に間違えられる

若林　そうですね、作品にも女性がよく登場しますしね。

長嶋　最終選考に残ったときに、編集部の人たちは「**この小説を書いた人は可愛い女の子に違いない**」**って思って、担当の取り合いになったんだって。**最終選考に残ると、電話がかかってくるんですよ。『文學界』編集部の者ですが、長嶋さんいますか」って。携帯だから、僕に決まってるじゃないですか。「僕です」って言ったら、一瞬間があった（笑）。

若林　女性だと思ってるんですもんね。で、**ゴリゴリのおじさんが電話に出る。**

長嶋　**そこで切られないでよかった。**

長嶋　誰かが何かを言ったと。そ

Q. 小説の中や私生活で使わないようにしている言葉や表現ってありますか？

れに対して相手が「○○」って返事をする。そのときに、「○○と返した」と**絶対書かないことにしてる。**

若林 なぜですか？

長嶋 ここ十年くらいで広まった言葉で、それが**二十年先までもたない言葉のような気がする**から。でも、あてずっぽうの勘なんだよね。

西 なんとなく嫌なんやろ。なんかあるよね、肌感覚というか。

若林 「二十年もたない言葉」っていうのは面白い感覚ですね。

長嶋 逆に、固有名詞とか商品名とかは、もうとっくになくてみんなが知らないような単語を平気で使っちゃうんですよね。「**百年後の人が注釈つけてくれんじゃねえの**」みたいな。

西 有さんは、その単語のチョイスが絶妙やねん。やっぱりセンスがすごくて。「クルマにポピー」とか。みんな覚えてるし、面白いやんか。「**麦チョコ**」**とか。固有名詞の選び方にセンスが出る気もする。**

若林 あー、確かに頭に残る。西さんは使わない言葉、ありますか。

西加奈子、アレを連呼

西　**「エッチ」**とか**「チュー」**を言わない。

若林　西さんってちゃんと「セックス」って言いますもんね。

西　「くちづけ」とか。「チュー」とか「エッチ」って、新しい、若い子の言葉やん。使うのが恥(は)ずかしいねん。他の方が使ってんの見ても、**「大丈夫か大丈夫か、無理してへんか？」**って思っちゃう。

長嶋　それは小説の中でも？

西　「この人は大丈夫かな」って思う役の人やったら言わせるかもしれへんけど、地の文ではもちろん言わへんし、普段も使わないようにしてる。

若林　チューに、エッチか……。男でも使う人いますもんね。

西　男の人のほうが多いねん……。男の人のほうが、いやらしくならないような配慮をしてくださって、ポップに言おうとしてくださるんだけど、**その配慮が苦しい**。「いらんいらんいらんいらん、その年のアレで言ってこい！」って思う。

若林　セックスで全然いいと。

西　セックスでええよ！　セックス！　言うてることはセックスやねんから。

若林　まあ、ね、**「セックス」の連呼はあれとして……**。まあそうですよね。

長嶋　中年になるとねえ、そうそうないよねえ。

西　ないねえ。

若林　ない？

長嶋　うん。だんだん年下の人と付き合うようになると、**俺が叱らなきゃいけないんだって思う**。

Q. 大人になっても誰かに怒られることってありますか？

若林　長嶋さんが年下を叱らなきゃいけないのはどんなときですか。

長嶋　僕、俳句の同人をやっててね、Twitterで知り合った人たちと俳句をやってるんですよ。でも、だんだん同じメンバーでやってると、○○さんが来るならアタシ行かない、みたいなことを言いだすやつが出てくる。そういうのが続くと、集団がどんどん腐っていくから。「そういうことを言うもんじゃない」って、この間、怒った。

若林 どのぐらいの剣幕で言ったんですか？

長嶋 **怒るのって、ちょうどよくできることがないじゃ**ないですか。だいたい言いすぎるか言い足りないかで。

若林 なるほどなあ、素敵だなあ！

西 若林さんはね、マネージャーさんに「殺すぞ」って言ってるらしいよ。

若林、マネージャーに激怒？

若林 僕、別にゆとり世代じゃないんですけど……おじさんになって、いつか後輩を叱るときは「俺もそうだったけど」とか頭に付けてから怒ろうって決めてたんです。だけど、それだと直んないんですよ。で、マネージャーに「次の現場、弁当がないんです」って言われて、実際行ってみたら用意されてたことがあって。そういうときマネージャーに「**お前、殺すぞ**」**って言ったら、次から絶対直ってるんですよ**。だから時短になるし。

長嶋 そうですねえ。

若林 長嶋さんの言うように、**言いすぎるか言い足りないかのどっちかをとるしか**

ないんですもんね。

Q. 憧れの有名人や芸能人っていますか？

西　憧れの有名人……。

長嶋　それこそ西さんは、プロレスラーの方とか。

若林　プロレス好きですもんね。

西　猪木(いのき)さんにお会いできる機会があったけど、断ったもんね。

若林　えっ！　なんで？

西　会いたないねん。

長嶋　本当の憧れの人だからね。

西　そう、リングの上でええねん。猪木さんがスーツ着てはって……みたいなのはいらんねん。

若林　でももしビンタしてくれるって言ったら受けます？　夢がかなうじゃない。

西　テレビとかではなく、**ふたりっきりやったら**。

若林　どゆことそれ。猪木とふたりきりってどういうこと？（笑）

西　難しいなあ。

長嶋　ピンタが軽くてもショックだろうね。

西　せやねん、優しくされても。

若林　重かったですね。僕食らったことありますけど。

西　そうやろ。食らってんねんな。すごかったやろ。

若林　へへへェ。震えぇてるぅじゃぁないか。（猪木さんの物真似）

長嶋　割と似てるね。

西　それこそさ、若林さんこそ、憧れてる人に会える職業やん。

若林　もうね、みーんな会っちゃったんですよ。

長嶋　僕も漫画が好きでね、別名のコラムでは漫画評をやってるんだけれども、**（藤子不二雄）Ⓐ先生にもお会いしたし、萩尾望都さんにもお会いしたし**。天上人というか神みたいな人たちですけど、人間ですから、そういうときは、握手するだけじゃなくて仕事を頼むようにしてます。

若林　すげえー。でも、どうやって？

長嶋　Ⓐ先生は、僕が評論を書いたらすごく喜んでくれて、「飲もうじゃないか」って言ってくれた。普通ならそこで「やったー！　握手してください！」で終わりですけど、向こうが感謝してくれてるんだし、まだバリバリ現役でペンを動かせる人だし。だけどまさか、漫画を十六ページ描いてくれとは言えないじゃないですか。だから、「イラスト一枚描いてくれませんか？」って。

＊藤子不二雄Ⓐ……伝説の漫画家コンビ「藤子不二雄」のひとりで、個人では『笑ゥせぇるすまん』などブラックジョークが利いた作風が特徴。

西　長嶋さんの似顔絵ですよね。

長嶋　そうそう。僕が今着てるＴシャツも（上着を脱ぐ）、公式サイトの似顔絵も全部。

西　似てるよなあ。

長嶋　僕これお金出して買ったんですよ。ただこの辺の線が微妙にぶれてるのがね。Ⓐ先生もそのとき、もう七十だったから。

若林　**いや言わなくていい**ですよ！　同業者だと憧れの人はあんまりいないもんですか？　作家さん同士だと。

長嶋　いや、いますよ。文芸誌の新年号は必ず「短編競作」といって、大勢の作家が短編を書くんですよ。そのとき、目次に作家が五十音順で並ぶんです。年功序列はなし。**僕の隣が筒井康隆だった**ときに、すんごい興奮した。

西　そこは平等やもんな。

長嶋　高校生のときから読んでた筒井さんと、僕の短編が並んで載ったんだ、って。

西　私、新幹線乗ったとき、乗車口で並んどったら、前が筒井康隆さんやってん。「筒井康隆が列に並んでる！　うち、あの筒井康隆の後ろや！」ってガッチガチで並んで。で、同じ車両乗ったら、**真壁刀義座っててん**。すっごい車両じゃない？

筒井康隆と真壁刀義（プロレスラー）…西にとっての二大スター

若林　偶然にしてもねえ、すごいね。

西　すっごいやろ。筒井康隆と真壁刀義が同じ車両に乗っててん！　ふわあわわわ、何コレ何コレ⁉　って思った。

若林　僕も北陸新幹線乗ったら**前の座席が矢野通だった**ことがありますよ。

矢野通（プロレスラー）…若林にとっての大スター

若林　僕もおふたりに会う前にそれぞれの作品を読んでいたから、こんな人だろうなって、イメージしちゃってましたね。

西　するやろなあ。

若林　作家さんは普段から頭良さそうなこと話してるのかなって思ってたら、**だいたい酔っ払ってムチャクチャな話してる**もんね。

長嶋　**みんな、その人の書く小説のほうが、その作家より頭がいい**と思う。

西　せやなあ。

若林　今の言葉はパンチラインですね。

長嶋　文章はいちばん推敲して、いいものを選んで、選んだそのアウトプットだから、絶対頭のいいものになるんです。

若林　作家さんが集まると、ひとつの事柄について、いろんなアプローチで、いろんなボキャブラリーを使って話すんだと思ってた。だけど、酔っ払って「気持ち悪いじゃん！」とかそんな感じですもんね。作品のほうが頭いいっていうのは、全員に言えることかも。

マイルール

これだけはする、これだけはしないと自分に課している〝ルール〟。
そこに秘められたそれぞれの人生哲学とは？

「派手な眼鏡をしているインタビュアーは信用しない」若林正恭

長嶋　雑誌のインタビューに来る人とか、ですか？

若林　そうです。派手っていってもめちゃくちゃ派手な人ですね。真っ白の角ばったフレームで、ここ（リムの横部分）に**アゲハチョウが飛んでる**みたいな。あとは黄色で、ツルが白と黒の縞とか。そういう派手眼鏡には気をつけるようにしてるんです。土足で入ってくるし、こっちがインタビュー受けてるのになぜかその人のご機嫌取らなきゃいけない感じになったりする。「この記事、賢い感じにしたいんだろうな」って気を遣うことが多くて。

若林V.S.派手な眼鏡のインタビュアー

若林 ちょっと前からいろんなところで、人見知りキャラをつっこんでもらえるんですけど。普通のインタビュアーさんなら素直に「人見知りですよね？」って聞いてくれる。こちらも「こういう人見知りエピソードがあります」で済むところを、派手眼鏡は「**だけど若林さん、人見知りって自己防衛もありませんか？**」まで踏み込んでくるんです。途端にだるくなる。「そう、自己防衛ですよ」って。

西 彼らにとっての武装なんやろ。覆面マスクみたいに、これかけて行ったろ！みたいな。

若林 そうかもしれない。

西 その人、眼鏡を外したらもっとソフトかもね。

長嶋 じゃあインタビューは「眼鏡外してください」って言ってから受けよう。

若林 それ、長嶋さんしか言えないですよ。

長嶋 「先に外してもらっていいですか?」

若林 **ゴング鳴った瞬間に覆面剝ぐ**って、ルール違反でしょ! じゃあ、服装で気にしていることはありますか?

「尖り靴の人」の見分け方

若林 こういう服が好き、もしくは苦手、とか。

西 自分は自分の好きな服を着るんやけど……男の人との打ち合わせで、「はじめまして〜」とかいろいろ話すやろ。で、「じゃあ、それでよろしくお願いします!」ってお辞儀して靴を見て、「やっぱり尖ってた!」って人はいる。それ(先端の尖った靴)がアカンってわけじゃないけど、「この人、靴尖ってる喋り方やな」って人はいる。

若林 なるほどね(爆笑)。ダメとか嫌とかじゃなくてね。

西 ありがとうございま……(お辞儀)あっ、やっぱり尖ってる! って。

若林 そういうクイズになってるわけね。西さんの中で。

長嶋 「尖り靴の人」はどういう喋り方なの？

西 「何々や、と」とか、「これはこうします、と」みたいな。わかる？

若林 「、と」がアクセントになってるのね。

西 そうそう。で、「俺はここは入ります、と」「西さん来ます、と」。わかる⁉

そういう感じの「、と」の置き方。

若林 そういうクイズを西さんに出したいですね。足元を隠した男を三人並ばせてトークするの。で、ひとりだけ尖り靴がいます。正解はこちら！　って。

マイルール

「パトカーや警察官とすれ違うときは大声で笑うように心がけている」西加奈子

若林 大声で笑う……？

長嶋 怪しいじゃん。

若林 怪しくなっちゃうじゃん。

西 いや、車の中でよ！　ひとりで車を運転してて、パトカーとか警察官がおったときはひとりでハッハッハッハッハッ（大声）！

若林 なんで？

長嶋 なんで？

西 おまわりさんたちは、**笑ってる人を捕まえようとするかな？**　って思うの。

若林 そっち？

長嶋 そんな人が、違反などするわけがない、と。

西 **違反してたとて**。「ああ、あの人めっちゃ笑ってる。きっとすごい楽しいんやろなあ」って思ったら、彼らは、その時間を邪魔しようとするかな？　と。

長嶋 逮捕するなど、**無粋なやつだと**。

西 そうそうそうそう。

職務質問、されますか？

若林 おふたりは職務質問を受けないタイプですか？

西 女性はあんまりないと思う。ある？

若林 昔は結構ありましたね。アフロだった時代があって、そのときはよく靴と靴下を、バイト帰りに脱がされてましたね。で、職業を聞かれたら必ず「プロボクサーです」って言うようにしてた。

長嶋 具志堅的な。

若林 すっげえ応援してくれるんですよ。それで、「頑張ってねー！」とか言われて、帰り際、背中越しに拳上げたりしてた。

西 助かったー！

若林 そうそう。

マイルール

「ある人から文庫本の解説を頼まれたら、その人には自分の文庫本の解説は頼まない」長嶋有

若林 ははあ。

長嶋 解説がおまけでついてるのが文庫本の楽しさだから。自分が読者のときも、解説があると嬉しい。あるAという作家の文庫を読んだときに、Bという作家が解説を書いていた。そうすると、読者の興味はそこから広がって、今度はBと

いう人の文庫を読んでみようという気になる。

若林 あるある。

長嶋 で、そのBって人の文庫を買ったら、Aって人が解説を書いてたときの、あの「回れ右」感。読書の幅を広げたくてAからB、BからCっていく感じが、一瞬削がれる気がして。

西 お前知っとるわ！ってね。

長嶋 そうそう。だから僕がある人から解説を頼まれたら、「この人に書いてもらったらすごく売れるかもしれない！」みたいな作家だとしても、その人には解説を頼まない。

若林 興味から興味へと回っていくようにですね。

長嶋 逆もあって。僕がある作家に解説を書いてもらったら、僕はその人の解説を書かない！

若林 でも、「なんで？　あのとき書いてあげたじゃん！」ってなりません？　理由を説明しなきゃいけませんね。

長嶋 そう。だからなるべく、たとえば文芸評論家とか、編集者とか、文庫を出さなそうな人に解説を頼む。

若林 大変だな。

長嶋 ただ、事前に言っとけばわかってくれる人もいると思って、それで今日西さんに言いたかったのが、**俺の文庫の解説を書いてくれ**。

西 私の書いてくれへんのに!?

長嶋 **俺は西さんの解説は書かないが!**

西 書いてよ!

若林 単なるわがままなやつじゃないですか! ……じゃあ帯コメントを頼むのは、どうですか?

帯の推薦文を頼むときはどうしてる?

長嶋 西さんは頼まれそうだよね。

若林 どうです? 頼む側・頼まれる側として。

西 頼む側は気を遣う。

若林 それはどういう気の遣い方ですか?

西　たとえば若林さんに頼むことになったとして、お互いに知ってるやん。だから、断りづらいやろうな、と思うねん。若林さんが。それが嫌やねん。嫌やったら断ってほしい。気を遣わせるのが嫌やねん。「この本、そんなに好きじゃないけど頼まれたから書かなくちゃ」って思わせるのが嫌。難しいよなあ、帯って。

若林　そうなると、誰に頼むのか迷いますよね。

西　でも、だいたい編集者が決めてくれるかな。

長嶋　帯は解説以上にミーハーなものというか、その本をなるべく入り口で知ってほしくてやるもの。つまり、書店に通りがかった人も知ってるような有名人とか、話題の人とかであることが多い。だから、**余計にその人の何かの力を借りちゃう感じ**がある。

若林　ただの本好きの意見でいうと、本が平積みしてあって、帯を見るでしょう。「この人とこの人は仲良しだよな」じゃないほうが、ワクワクしますね。

西　そうやねん、そうやねん！

若林　この人、あの人と知り合いなのか！　とか。

西　知り合いじゃなくて、ただ単に作品を愛したんだっていうのもいいよね。

長嶋　それが伝わるときもあるよね。

西　あるある。

長嶋　僕も、「この帯をどうしましょう？」って編集者に聞かれたとき、会ったことない人に頼んだ。キリンジってバンドの堀込高樹（ほりごめたかき）さんに書いてもらえた。

若林　嬉しいですよね。

長嶋　本当に、キリンジのファンがたくさん買ってくれて。

西　ハッピーやな。

若林　本は面白いのが無数にあるから、入り口があると助かるんですよね。

西　だからもう神様よ。若林さんなんか。

若林　そうかなあ。

西　若林さんが勧めてくれたら、本読んだことない子が読むねん。それがホンマに嬉しい。

今回の「ご本、出しときますね?」

憧れの人やスーパースターにまつわるオススメの一冊

西　憧れというか、理想の人を描いた作品は、『エドウィン・マルハウス』。スティーヴン・ミルハウザーという作家の本で、主人公はエドウィンっていう男の子。エドウィンは天才で、小さい頃に大傑作の『まんが』っていう本を書いたの。そのエドウィンの伝記を、その友達が書いてるっていう設定。**自分の憧れの人がこんなに近くにいることの喜び**とか……そういうディテールが細かくて、最後にどんでん返しがあるねんけど、めちゃくちゃ面白いから読んでほしい。ウフフフ。

若林　というわけで、本日のオススメは**『エドウィン・マルハウス』**。

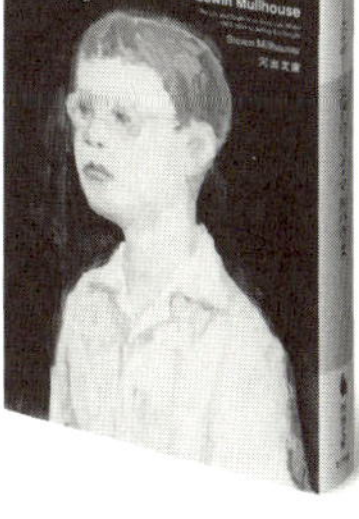

『エドウィン・マルハウス』
スティーヴン・ミルハウザー／岸本佐知子:訳
河出書房新社(河出文庫)

第三回

朝井リョウ × 長嶋有

ネットとの付き合い方がわからない人のためのオススメの一冊

ご本、出しときますね？

朝井さん、長嶋さんのプロフィールは、
それぞれ第一回（12ページ）、第二回（38ページ）をご参照ください。

若林 おふたりは、どこかでお会いしたことはある？

朝井 四回目くらいですかね。

長嶋 そうですね。どなたかの授賞式の二次会とか。

朝井 そもそも、**パーティーって行きます？**（朝井は「パーティー」の呼称が嫌い）

長嶋有、パーティー常連疑惑

長嶋 すごく仲の良い人が受賞したときでないと、行かないようにしてます。たまたま仲の良い人の受賞が何度か続いたことがあって。三回くらいなんとか賞かんとか賞のパーティーに行ってたら、**「長嶋さんいっつも会いますね」**って編集者に言われちゃったのがすごく嫌で！　恥ずかしい。

若林 カッコよくはない感じがしますよね。パーティーにすげえ来るって。

長嶋 だから、「ちょっと仲が良い」くらいの人のは行かないように努めたの。この間、久しぶりに相当仲の良い人が受賞したんで行ったら、編集者の方に「長嶋さん珍しいですね」って言われたの。それでやった！　って。

若林 イメチェン成功ですね（笑）。

Q. エゴサーチ、してますか？

朝井 僕は**めちゃめちゃしてました**。でも、もう飽きました。

長嶋 僕はTwitter限定ですね。

若林 Twitterで、「長嶋有」という言葉で検索する。どんなことが書かれてますか？

長嶋 別に気持ちの悪くなるようなことを書かれることはない。「面白かった」とか言ってもらってるから。よかったよかった。(安堵)

朝井 ディスられてることがあるとして、どっちがイヤですか？ 作品をめちゃくちゃにけなされているのと、作品に関係ない、容姿とかを言われるのと。

長嶋 **両方ヤダよ！** そらヤだよ。

朝井 僕、名前でエゴサーチするのはやめたんですけど、著作名ではします。そうすると、余計な悪口をシャットアウトできるんですよね。「**顔キモい**」とか。

若林 でも、朝井くんは顔のこと言われないでしょ？

朝井 言われますよ。

若林 どんなこと言われるの？

朝井　**「死んだ魚みたい」**とか。
（スタッフ、爆笑）

若林　ちょっと！　みんな！　「あ、そういえば（死んだ魚っぽいね）」みたいになるでしょ！

朝井　え、みんな思ってたってこと？

若林　（話をむりやり変えて）自分の著作で、言われて嬉しかったことはありますか？

長嶋　地味な話なんだけど。ある連作短編を書いたとき、一話目の題名を漢字一文字にしたんですよ。「光」って。そして、二話目の題名を〝一話目が一文字だから二文字にしよう〟って「帰る」。だから三話目は、たいていの人が三文字か、倍の四文字だろうってテンポで思うであろうところを、すっごく長いのにしたの。「マジカルサウンドシャワー」。別に誰にも言わず、それで悦に入ってるのは俺ひとりだったんだけど。でも、**「流石だ！」**って感想があって。

若・朝　（爆笑）

「ハリー・ポッター」式メッセージの伝え方

若林 朝井くんは？　嬉しかったことある？

朝井 僕は、すっごい怒ってる人！　僕の本を読んで、怒ってる読者がいると嬉しい。

若林 なんで？　嫌じゃん。

朝井 怒ってるってことは、自分の大切な何かを乱されかけたってことだと思うんですよね。こんなこと言われると思ってなかった！　みたいな。だから、「共感しました！」だと、あんまり思考回路を働かせることができなかったな、読者を肯定しただけで終わってしまったな……って。

若林 朝井くんは、自分の狙いと違う感想を持たれたら嫌なんだもんね？

朝井 そうですね。

長嶋 えっ、そう？

朝井 僕、多分、他の作家と比べて**読者のことを信用してない**んですよね。

若林 ちょっとこれ、載せて大丈夫⁉

朝井 いや、もちろんありがたいですよ。生活させてもらってるしありがたいと思ってるんですけど。でも、読み方を導けるように、ヒントを与えちゃうんですよ。「自由な読み方していいよ」と思えない。最後まで読んだらこういうメッセージが伝わるように……**してますから！**って。

長嶋 そこ太字にしといたほうがいいんじゃないの？「してますから！」の部分。

朝井 **『ハリー・ポッター』**みたいに。

若林 パワープレイですね。

朝井 印刷所が泣いちゃいますね。

Q. タイトルはどうやって決めていますか？

朝井 長嶋さんはデビュー作『サイドカーに犬』からいきなり印象的なタイトルですよね。

若林 タイトルはいつ決めるんですか？

長嶋 バラバラですね。

朝井 最初から決まってるときもあります？

長嶋 あります。『ジャージの二人』という小説は、文芸誌の表紙の中にそれが載ってたら面白いだろうと思って。

若林　ジャージの二人がまずあって、あとからそれを書く。

長嶋　**ジャージの二人のことを書きゃいいんだからね。**

朝井　まあ、スーツの二人のことは書かないだろうとは思いますけど。

若林　それで書けるのがすごいですね。

朝井　僕もバラバラなんですけど、最初に決まってるときのほうがテンション高く書ける感じはします。それがちょっと気に入ってたりすると。

若林　『桐島、部活やめるってよ』はよく言われるでしょ？　超インパクトある。ラジオ番組の大喜利で使われてるもんね。『桐島』は。

長嶋　週刊文春の見出しに使われたよね。

朝井　「**鳩山、県外移設やめるってよ**」。民主党政権のときに使われましたけれども。

長嶋　あれはタイトルが先だったんですか？

朝井　あれは、応募をする作品だったんですね。で、長編の賞（小説すばる新人賞）だったんですけど、僕は、連作短編を書いちゃってたんですよ。それぞれのタイトルはあったんですけど、全体のタイトルがなかったわけです。応募するには、全体のタイトルをつけないと応募できないということに気づき、本編の一行目をタイトルにしたんです。

若林 会話文。

朝井 一行目なんです。

長嶋 いいタイトルだよね。

朝井 だから県外移設まで繋がったと。

その流れで、タイトル会議の話へ

朝井 いちばん、タイトルを決めるときが恥ずかしくないですか？　**ドヤ感出る**じゃないですか。

長嶋 まあ、ドヤ感出さないと。

若林 会議に編集者さんと作家さんが参加するの？

朝井 そういうときもありますし、こちらが何案か出して、編集さんが「これがいいと思います」って言うときも。

長嶋 それこそ『ジャージの二人』みたいに、最初から編集も「これはいいね」となればそういう会議はない。僕、『パラレル』っていう作品があって……最後まで決まんなくて、夜遅くまで出し合って、もう埒があかなくて。煮詰まって灰皿がタバコでいっぱいみたいな、典型的な良くない会議。それである編集者が**血迷って『シュークリームラブ』にしよう！** ってね。

若林 そこから『パラレル』になります!? シュークリームラブ!?

長嶋 作中にシュークリームが出てくるの。で、「恋愛小説として売りたいからラブってつけよう」って。『シュークリームラブ』にしようって、その編集者が**ボールペンで「シュークリームラブ」って文字をぐるぐる太く丸囲み**しだしたの。

朝井 あっ、ヤバイ！

長嶋 そのときに編集長が通りかかって、文章の一部にあったパラレルでなんとかかって一節を見て、「パラレルでいいじゃん」って言って、それだ！ と。

朝井 （拍手）

長嶋 そしたら、シュークリームラブの編集者は「**これは『パラレル』と『シュークリームラブ』の一騎打ちですね**」って。

朝井　まだ⁉

若林　そんな、違う角度のものが。

朝井　自信あったんですね。

若林　そのシュークリームラブ編集者は譲ったんですね？

長嶋　後にね、『パラレル』が韓国版に訳されたときに、「パラレル」という韓国語は一般名詞すぎて普及しないので、ほかに何かないか？　と言われたときに、「ハッ！　『**シュークリームラブ**』**だ！**」って。

『シュークリームラブ』、まさかの復活

若林　じゃあ韓国では『シュークリームラブ』なんですか？

長嶋　韓国語版は表紙にシュークリームが描いてあるの。

朝井　ええ！　すごい！

長嶋　**なんか韓流ドラマのイメージとかで良いんじゃね？**　って。

朝井　不思議と良い気もしてきました。

若林　面白いですね、コントみたい。そんなん決める会議があるのか。みんな、その

ときは真剣ですからね。

Q. 嫉妬する作家はいますか？

朝井 **嫉妬しかしてない。**

若林 嫉妬オンリー!?　リスペクトは？

朝井 リスペクトもありますよ。

長嶋 朝井さん、そうなの？

朝井 僕、対談記事で行数とか数えるタイプです。どっちが多く使われてるかを、**行数をチェックして割り出す。**

若林 大変だな、朝井くんって。

朝井 書店でも、売り場面積は限られてるわけですよ。

長嶋 まあ、そこのパイを争ってるわけだもんね。

朝井 そうそうそう。

若林 でも、嫉妬される側でしょ？　朝井くんは。

朝井 いや、僕は、本当に本が好きな人からすれば、**軽んじられる**ほうなんですね。

若林 そんなことないでしょう。

朝井 捉え方が難しいんですけど、ずっと嫉妬してます。
若林 誰に嫉妬してるの？
朝井 まず同期。窪美澄、柚木麻子、水嶋ヒロ（齋藤智裕名義）が同期なんですよ。
若林 すっごいスター揃い。
朝井 誰も抜けてないんです。発行部数で。
若林 その人の本を読み終わった後、キィー！ってなってるの？
朝井 なってます。
若林 こんなの書きたい！って思ってるの？
朝井 そう。「**次は私や**」（**真顔**）ってなります。
若林 ちょっとオネエっぽくなるね。
朝井 **次は私やで!!**
長嶋 旺盛だね。なんか「負けた」ってならない？
若林 長嶋さんは「負けた」と。
長嶋 津村記久子さんって作家さんが出てきたときにね。僕のように静かな作風で、だけど僕には書けない新しい視点で書いてるのよ。具体的に言うとね、音楽のことを書くとする。僕はロックコンサート世代なんだけど、僕より下はロックフェス世代。だから津村さん（六歳下）は、いきなりフェスで自然に書ける。僕が一生懸命取材して、無理やりフェスに馴染んで同じことをして**後追いしても絶対に無理**だから。それはね、打ちのめされた。

若林　だから、同期というか、同じ世代を意識しちゃうんですね。

朝井　そうそう。**「同じキャリアなのに？」**みたいな。

若林　どのくらいの作家さんになりたいの？

長嶋　モデルは誰なの？

朝井　東村（ひがしむら）アキコさんという漫画家さんが「魔法を使えるようになりたい」って言ってて、すごく共感したんです。「パッてペンをかざしたら、漫画ができるような状態にまでいきたい」って。**パッてパソコン開いたら長編ボーン！**みたいな。そこらへんまでいきたい。

若林　魔法使いになりたい朝井くん。すごい人ですね。

朝井　夢です。願望ですよ。

若林　その世代を担っていく心構えがあるんじゃない？

朝井　い〜〜〜
若林　「**いや」って言わせないよ！**　同世代に嫉妬しておいてさ、「私は細々と……」とか言い出したらひっぱたきたくなるよそんなの。

「安易に弱者の味方をしない」朝井リョウ

マイルール

これだけはする、これだけはしないと自分に課している〝ルール〟。そこに秘められたそれぞれの人生哲学とは？

長嶋　へえー。これ、かっこいいね。

朝井　難しい問題だと思います。

若林　強い男だなあ。

朝井　でも、考えていかないといけない問題だと思うんですよ。

長嶋　これ「安易に」がうっかり消えちゃうとすごい嫌な人になるね。「安易に」は言っておきたい。

朝井　そう。そうです。

若林　確かにそうですね。これ「弱者の味方をしない」って言ったらＢＰＯ（放送倫理・番組向上機構）出てきちゃうよ。

長嶋　「安易に」がポイント。

朝井　やっぱり作品を書くことに寄っちゃうんですけど。友達がいない人を主人公にしたほうが応援されるし共感されるし、今は本を買う人に高齢者が多いから、**高齢者を安心させる話が売れる**んですよね。そこに手を染めてしまっていいのか？　っていうのが、いつも考えることで。

朝井リョウ、ロイヤルホストを語る

朝井 ロイヤルホストが大好きなんですけど、彼らは**全くマーケティングをしない**んですよ。会社の組織の中にマーケティングと名のつく部署がない。調べたんですけど、秋だったらきのこのフェアとか、他のファミレスはやるわけです。〝弱者〟って言葉を言い換えると〝大多数〟なんですけど、他のファミレスがきのこフェアという大多数の予想に合ったフェアを開催中でも、ロイヤルホストは「バスク料理フェア」というのやってて。「え、お前、それナニ？」っていう、誰も知らない料理なんですけど。

長嶋 攻めてるね。

朝井 それは、「担当のシェフがおいしいと思ったから」、ただそれだけの理由でやるんですよ。CMとかポスターとかも見ないでしょ？　宣伝費を全部材料費に回してるんですね。シェフがおいしいって言ったフェアを実現させるために、材料費に全部回す。春も、他がいちごフェアとかやってるときに、「ニース料理フェア」っていう、また誰も知らないフェアをやってて。マジでかっこいいと思って。だから**マーケティングをする人とモノをつくる人っていうのは一致しちゃいけない**んですよね。これは、それを伝えたい言葉なんです。

長嶋 そう書きゃよかったのに。「マーケティングをしない」って書けばすごく良い言葉なんだから。

若林 でも本は売れてほしいわけだよね？　なのに、朝井くんは、（読者が）キャッチャーミットを構えてるところには投げない。だけど、無理やりにでも捕らせる球を投げる。みんながまだ言葉としては気づいていないような、奥深いところに投げ込んで啓蒙するってことじゃないですか。……やっぱ、**時代を担っていってください**。

朝井 ヤバイ、全部そこに繋げられちゃう。

若林 確かにロイヤルホストはアイスティーがなくて、**パラダイストロピカルアイスティ**ですね。

朝井 それから、店内に時計がないんですよ。時間を気にせずにご飯を楽しんでほしい、っていう**ストロングスタイル**なんです。すごい憧れですね。

若林 あ、ロイヤルホストが目標。

長嶋　知らなかった……。

朝井　ぜひみなさんもロイホに!!

マイルール

「一曲だけ聴きたくてレンタルで借りてきたCDの興味のない残りの曲もiTunesに入れる。逆に、人の家でかかった曲がたまたま変でも、その人の趣味なんだと判断しない」長嶋有

長嶋　本でも、「本棚を見るとその人の個性がわかる」と言うじゃないですか。嘘だ

と思います。友達が旅行先で買ったやつとか、自分のセンスとは違うお土産をくれるときがあるじゃない？　そういうものを、自分のセンスと無関係に、もらった縁で飾る人が好きなんです。「あなた、こんなセンスなんだ……」みたいに思わない、っていうことです。**逆に、全部完璧なセンスにしてる部屋を信用しない。**普通に生きてたら、ノイズのようなものをもらったりするはずなんですよ。

若林　ノイズ本なり、ノイズお土産をね。

長嶋　そう。そういうものを、この人は冷たく捨ててるんだろう、と。

センスがありすぎる部屋の住人は冷たい？

朝井　いい話！　すっごい、良い！

若林　すっごいわかる。余分なものがなくて、**そう見られたい部屋の人って、信用できない**ですよね。ガード硬い感じに見えるよね。

朝井　そういう部屋ってポテトチップスとか、**ばあああああん！**ってばら撒きたくなりません？（白目がちになりながら）「**おい！　カップラーメンはど**

こだぁぁあ！」とか。

若林 怖い。朝井くんパンクすぎるのよ。でもそうだよね、ガードを解きたくなる。部屋って面白いですよね。おふたりの部屋は、自分が出てますか、出てないですか。

長嶋 散らかり方は（性格が）出てると思う。だから、「ご自宅で取材させてください」っていう依頼は、**「ご自宅で」っていう文章の前半で、読まずに断る。**

若林 朝井くんは、部屋綺麗そうだけどね。

朝井 僕も、衣食住にあんまりこだわれない、それも良くないんですよね？

長嶋 良くないかどうかは聞いてみないとわからないけど……。

衣食住にこだわれない＝ありのままのワタシLOVE？

朝井 衣食住にこだわらない人って、自己評価がすごく高いんだと思うんですよ。**「私は、なにもつけなくてもおいしくお召し上がりいただける素材です」**みたいな。そう思ってるんじゃないかと考えると、すごくイヤで。

若林 自分がね。自分のことをそう感じてしまっているんじゃないかと。

朝井 そうです。こだわりたいんだけど、こだわれてないっていうところがあります。

若林 難しい生き方してんなあ（笑）。でも本人は難しくないんだよね。楽しい？

朝井 （うつむきがちに）すごい……楽しいです……毎日。

若林 なんでそんなトーン低いんだよ……楽しいやつのトーンじゃないよ。

ノーメイクでもイケてると思われるのがイヤ

朝井 今日も、「メイクが必要だったら入り時間を早めます。朝井さん、メイクいりますか？」って聞かれて。そのとき、「いらないです」って答えたら、「あ、朝井リョウって、自分のこと〝ノーメイクでテレビに出られる人〟って思ってるんだ」って思われるんじゃないかと……。

長嶋 そんなこと考えてたの（呆れた声で）？

朝井 「まさかその顔でメイクがいらないとお思いで？」って。楽屋裏で小ばかにされるんじゃないかと……。

若林 考えすぎだわ（笑）。じゃあ、どういう風に書いたの？

朝井 「メイクはいらないです」の後に、※（米印）して、**「メイクなしのままテレビに出ら**

れると思っているわけではありません」って……。

若林　いちばんめんどくせえよ！　確実に「なんだコイツ」って思われてるよ！　俺はメイクするのが当たり前になっちゃってるけど、でも、その感覚はわかるなあ。又吉(またよし)くん（ピース）と星野源(ほしのげん)さんと鼎談をしたことがあって。記事が出来上がったときに、**俺の服だけ「ジャケット7900円」とか書いてあって！**　なんか俺だけ「スタイリスト用意してた感」が出てて、やめてよって思った。又吉くんと星野源さんを相手に、俺だけスタイリストつけてる。それだけはやめてって思ったね。

長嶋　あの「ジャケット何万円」みたいなやつ、憧れる。**あと憧れるのは、「モデル私物」。**

若林　あるある。あれ、かっこいいですね。でも、今日はおふたりとも「モデル私物」ですよ。出しときますから、クレジットに「モデル私物」って。

朝井　やったあ。でも、全部じゃなくていい……。

長嶋　**二個ぐらいね。**

今回の「ご本、出しときますね？」

ネットとの付き合い方がわからない人のためのオススメの一冊

若林 今日は「エゴサーチ」の話で結構盛り上がったので、そういった繋がりのある作品があれば、紹介していただきたいです。

長嶋 脚本家のミランダ・ジュライさんの『あなたを選んでくれるもの』。ノンフィクションなんだけど、執筆に行き詰まった著者が、毎っ日、エゴサーチしてるんですよ。めっちゃエゴサーチしてるんです。「**一発屋」と言われてないかと、超気にしてるんです**。そんなミランダ・ジュライさんが、タウン誌（フリーペーパー）の「売ります、買います」――いわゆる売買広告欄にずーっと載っている、何かを売ろうとしている人たちに電話をかけては会いに行って、インタビューするっていう本なんです。**そういう人たちは面白いくらいにネットと隔絶されている**。すると、自分もネットとの付き合い方を知って、その上でうまく付き合っていける。それはなんだか、面白かったね。

若林 というわけで、本日のオススメは『**あなたを選んでくれるもの**』。

『あなたを選んでくれるもの』
ミランダ・ジュライ／岸本佐知子：訳
新潮社（新潮クレスト・ブックス）

第四回

加藤千恵×村田沙耶香

変態の気持ちがわかるかもしれない
オススメの一冊

ご本、出しときますね?

加藤千恵
（かとう・ちえ）

1983年生まれ、北海道出身。立教大学文学部日本文学科卒業。2001年短歌集『ハッピーアイスクリーム』でデビュー。他の著作に『ハニー ビター ハニー』『誕生日のできごと』『あかねさす——新古今恋物語』『その桃は、桃の味しかしない』『あとは泣くだけ』『映画じゃない日々』など多数。小説、詩、エッセイの他、ラジオなどのメディアでも幅広く活動中。

村田沙耶香
（むらた・さやか）

1979年生まれ、千葉県出身。玉川大学文学部卒業。2003年『授乳』が第46回群像新人文学賞優秀作となり、デビュー。2009年『ギンイロノウタ』で第31回野間文芸新人賞、2013年『しろいろの街の、その骨の体温の』で第26回三島由紀夫賞、2016年『コンビニ人間』で第155回芥川龍之介賞を受賞。他の著作に『星が吸う水』『タダイマトビラ』『殺人出産』など多数。

若林 いよいよご登場！　ですね。僕がお会いした作家さんが口を揃えて「**クレイジー**」だとおっしゃる村田沙耶香さん。テレビやお写真で拝見する分には、全くクレイジーとは思わないんですが。

加藤 ね。可愛らしい外見。

村田 そんなにクレイジーじゃないです！　ちゃんと否定するようにしています。

加藤 最近、「**クレイジーじゃない**」**アピール**してるよね（笑）。

村田 そう、今はアピールタイムなんです。そのように呼ばれてキャラクター化され、きちんと読んでもらえない作家になるのはとても危険なことだと、尊敬する方から忠告していただいたんです。「クレイジーな人がクレイジーなものを書いている」と安全な場所から、自分にきちんと引き寄せずに読まれるようになってしまうよ、と。それは怖いと思うので、できるだけ否定するようにしています。

若林 あんなにみんなから言われちゃうとね。まだバイトしてるんですもんね？

村田 バイトしてるんです。コンビニで。

村田沙耶香、現役コンビニ店員

若林 週に一回？　二回？

村田 三回。

加藤 結構入ってる！（笑）

若林 （多くて）週一くらいかと思ってた（笑）。

村田 **バイトをしている日は、とても執筆が進む**んです。だから本当は、週三でも少ないのかもしれないです。編集者さんからすれば。

若林 でも、村田さんの本、本屋で平積みされてるじゃないですか。バイトする必要ないですよね？

村田 バイトは朝の八時から出勤してるんですけど、その日は朝の二時に起きて、六時まで小説を書いています。

加藤 **それ、朝じゃないよ？　深夜だよ。**

若林 朝のニュースを担当してる女子アナみたい（笑）。

村田 だから、その前日は「夜九時には寝て、翌朝二時に起きて朝ご飯を食べて、バイトの出勤までに書かなきゃ！」って。一日の中に締切があると、規則正しく進むんです。

若林 アルバイトは、八時から何時まで？

村田 八時から、午後の一時までです。

若林 まあまあ、ちゃんとやるんですね。

村田 で、十三時から、またコーヒーショップとかでモリモリ書いて。バイトしてる日だけ、ものすごく書いてるんです。

若林 じゃあ、バイトがない日は全く書かないの？

村田 喫茶店に行って仕事をしようとするのですが、つい家でダラダラしてしまいます。

若林 あんまり外に出ないんですか？

村田 あまり出ないです。

加藤 結構、怒りで創作する作家さん

Q. 喜怒哀楽のうち、どの感情が仕事のモチベーションになりますか？

も多いんですよ。私も怒ることは怒るんですけど、その怒りが無駄になっちゃうんですよね。モチベーションにならずに単にイライラして終わっちゃう。だから、おふたりはどうなのかな？　って。

若林　カトチエさんのモチベーションは、どの感情から？

加藤　喜怒哀楽のどれでもない気がします。自分がどう感じているかはあんまり関係なくて、**切り離して書いちゃう**。**感情と創作は別**ですね。

若林　なるほど。村田さんは？

村田　「**喜び**」かなあ。

若林　えっ……（絶句）。喜びであの小説が生まれる？

加藤　私も同じことを思いました。

若林　村田さんの本のポップ、「**血だらけのナイフ**」とか書いてありますけど……。

村田　だって、**人間の未知の部分を知るのって喜び**じゃない？

若林　人を知るということが喜び？

村田　すごく楽しい、作家としての幸せを感じます。

加藤　じゃあ……あの『**殺人出産**』を書いてたときも、喜んでたの？

＊『殺人出産』……「産み人」となり、十人産めば、一人殺してもいい「殺人出産制度」が認められた世界の話

村田　うん、**すごく喜んでる**。

若林　怖いシーンがあるじゃないですか、グロテスクな。まさかあそこも、喜んで書いてるんですか？

村田　**殺人シーンを書くことができて、喜びを感じました**。

若林　**怖っ！　単純に、怖い！**

加藤　怖い怖い怖い怖い。

若林　筆が進んでしょうがない？

村田　**「ここをこう刺したらこんなに血がいっぱい出る」とか、人体のこと調べたりして**……作家は小説の中でしか体験できない場面を描いて、その中でしか出会えない言葉を探すことができるので、それはすごい喜びだと思います。

若林　オウオウオウオウ……。（引き気味）

加藤　じゃあ、若林さんは？

若林　ずっと「**怒**」だったんです、明らかに。百パーセント……いや、百二十パー

セント。でも、自分の中から「怒」がなくなってきちゃった。

加藤 それは、何年くらい前ですか？

若林 半年くらい前だなあ。**どういうつもりで舞台に出ていっていいかわからないんですよね。**「怒」というモチベーションがないと。

加藤 でも、それまで「怒」で出演し続けてたんですね。それもすごいなあ。

若林 必死で自分を抑え続けてたの。僕はもう三十七ですけれども、**中指を立てながら舞台に出ていってた。中二病も中二病……**。

三十七歳のアナーキスト

加藤 むしろ、それが三十七まで続いたのがすごいと思います（笑）。

若林 漫才をやるときって、舞台の上にスタンドマイクがあって、出囃子として自分の好きな曲がかかるんです。その曲に乗って、**「オラァ！」とか「ウラァ！」って叫びながら**出ていってたんです。それが、すごく楽しかったんです。

村田 **天才肌の人は、怒りを動力にしている人が多い気がします。**

加藤 **じゃあ若林さんもまさに。**

若林 いや、そんな（笑）。

加藤 **でも、沙耶香ちゃんは「怒」がない**もんね。全く。

村田 うん。あんまりない。

若林 コンビニって、いろんな人種が来るじゃないですか。たとえばイライラしてるお客さんが「早くしろよ！」って怒鳴ったり。そんな客がいたら、腹が立ちませんか？

村田 **それを愛するのがコンビニ店員だから。**

加藤 そうなの!?

村田 そうだよ。店員はみんなそうだよ。

若林 俺、それ無理だわ！　だとしたら**時給が安すぎる！**

怒らない村田沙耶香の幼少期は？

若林 小学校では、クラスの端のほうにいた感じですか？

村田 いかに大人しく乗り越えるかを考えてました。空気のように振る舞ってました。

若林　オーラを消すんですね。だけどクラスで、たまにいざこざが起こるでしょ？　誰かが大喧嘩したりとか。そういうときはどうしてました？　チラッと見るくらいですか？

村田　男の子同士の喧嘩を止めようとして、**気づかないふりをして真ん中を突っ切ろうとした**ことはあります。

村田式「喧嘩の終わらせ方」

若林　普通は……。

加藤　避けて通るじゃん。

村田　私みたいな大人しい女子が、殴りあってるのに気づかずに真ん中を突っ切ったら、喧嘩が終わるんじゃないかなと思って。「**ああ、俺たちのやってることって些細なことだ**」って。

若林　ちょっとあるかもね。

加藤　ないでしょ！

Q. ハッピーエンドにしようと決めていますか？

若林 どうですか？ でも、これは村田さんの作品だと……。

村田 **全然決めてません。**これ、ラストどうなるんだろう？ って思いながら書いてます。

若林 自分でも。

村田 だから、「**こんなことになるとは……**」って思ったり。

若林 なるべくいい結末にしよう、とかは全く考えない？

村田 全く考えない。編集者さんに「ハッピーエンドでお願いします」って言われたけど、「**ごめんなさい、ラストは決めないで書くので無理です**」と言いました。

若林 根性あるなあ（笑）。

Q. 自分に起きる肉体的感覚の中で、いちばん興味があるのはなんですか？

加藤 肉体的感覚って？

村田 「暑い」とか「寒い」とかでもいいし、快楽でもいい。文章を書く人にとって、**唯一自分の身体が、内側から観察できる肉体**じゃない？　だから、お腹が減ったとか、トイレに行きたいとか……自分の身体の感覚、自分が観察してる感覚、いちばん興味がある感覚。

若林　カトチエさんどうですか？

加藤　私自分の**空腹具合**は気にしてます。私、**お腹が空いたら泣いちゃう**んですよ。

若林　**ウサギみたい**（笑）。

加藤　号泣じゃないですよ？　本当にしんどくなって少し泣けてくるくらい。

若林　よく泣きますよね。**飲んだら、必ず、会計三十分前に泣き出す**んですよ。何かが残念だったり、何かが悔しかったりして。飲んでたみんなで、**負けた高校球児みたいに居酒屋を出ていきますもん**。カトチエさんの泣いた空気があるから。

加藤　申し訳ない。ただ、みんなに言いたいのは、私の涙は、みんなの涙と等価ではないということ。価値はないから、気にしないでほしい。

若林　いや**そうはいかない**。大人の女性が泣いてたら（笑）。

加藤　でも、ほんとに気にしないで！

若林　村田さん自身は？　いちばん興味があるのは？

村田　私自身は、やっぱり**快楽です**。走って気持ちいいだとか、いろんな意味で。「すごく気持ちよかった自分の肉体」にすごく興味があります。

興味があるのは「人間」

若林　この心地よさはなんだろうな、とか？　人間の仕組みに興味があるんですかね。

村田　**人間という動物そのものに興味がある**んです。私、動物番組が好きなんですけど、あれで人間をやってほしい。「**今日は人間です**」。

若林　どういう映像が見たいんですか？

村田　なんだろう、**交尾とか**。

若林　**放送できねえよ！**

マイルール

これだけはする、これだけはしないと自分に課している〝ルール〟。
そこに秘められたそれぞれの人生哲学とは？

「〝才能がある〟を褒め言葉にしない」加藤千恵

加藤　たとえば、沙耶香ちゃんがオセロをしていて、それがすごく上手だったときに、「沙耶香ちゃん、才能あるんじゃない？」とかはいいと思うんですけど……沙耶香ちゃんの小説や、若林さんの漫才に対しての「才能がある」は、違う気がして。**才能って、本人の努力によるものじゃない**気がするんですよね。

若林 ああ、先天的なものですもんね。

加藤 本人が置き去りにされているというか。仕事にしてたり、ずっと続けてたりすることだったら、それはもう才能だけじゃない気がするから、人に対してはあまり言わないようにしています。

若林 カトチエさんが、言われる側だったらどうです？　短歌にしても、かなり言われたでしょ？　学生でしたもんね。

加藤 デビューが早くて、一冊目を高校生のときに出させていただいたから。

加藤千恵、十七歳でデビュー

加藤 もちろん嬉しくはあるんですけど……親戚とかが言うんですよね、「才能なのね」って。「え、じゃあ私自身は関係ないの？」という気持ちになっちゃう。

若林 **「私頑張ってますけど」**？

加藤 そうそう（笑）。才能だと言われると、自分じゃない気がする。もちろん褒め言葉として言ってくれているんだろうし、嬉しくはあるんですけど。

若林 じゃあ、自分の作品をどう言われると嬉しいですか？　面白かった、っていうのはもちろんね。

自分の作品、何て言われたら嬉しい?

加藤 なんでも嬉しい……**すごく高度なけなしとかじゃなければ**（笑）。

若林 じゃあ、酷評はどうですか?

加藤 **絶対嫌**です。すっごく打たれ弱い。

加藤千恵、ガラスのハート

若林 酷評を読んじゃったら、落ち込みますか?

加藤 落ち込むから、**エゴサーチできないんです**。書けなくなる。

若林 小説を読むのは、物を考えるのが好きだったり、頭の良い人たちだったとして。だとすれば、その人たちの興味の有無によって評価がばらけちゃうのは当然かもしれないですね。

加藤 評論、難しくてわかんないこと、ないですか?

村田 （書いたこちらより）**評論してくださってる人のほうが頭が良い気がします。**

加藤　そう、褒められてるのかけなされてるのか、わかんない。
若林　**「自分の作品のこと言われてるけど、どういうこと?」**っていう。
加藤　そう。「褒めてくれてるんだろうけど……???」みたいな。
若林　それはあるね(笑)。

マイルール

「アルバイト先でお客様のことを観察しない」村田沙耶香

若林　え?

村田 よく、「バイトしてるんです」って言うと、小説の題材にするためにお客様を観察してるんでしょう、って言われるんですけど、違うんです。**もっと真剣に働いてるので、観察はしていません。**

若林 コンビニ店員として、真面目に勤務してるんだね。

村田 だって、**自分のことを観察してくるコンビニ店員、嫌**じゃない？

加藤 うん、わたしはいつも初めてのように接してほしい。

村田 だからタバコも、いつも初めて注文されたかのように承る。「**ああラークのいつものやつですね**」**って出したりは、絶対にしない。**「おタバコ何番ですか？」って聞く。今日出会ったかのように。

若林 どの職業でもそうですけど、こちら（客）は、店員さんに影響を受けますよね。店員さんが明るいと、ちょっといい気分になりますよね。すっげー滑った収録のあと、ヨーグルト買って帰らなきゃ……ってコンビニでヨーグルト買って、笑顔で「ありがとうございました」って言われると少し気分が良くなる。

村田 **そういう方の為に働いてるんです。**

若林 社会をね。世の中をね。明るく。

村田　喜んでくれてる人がいてよかったです。

マイルール

「自分に湧き上がった感情、特に負の感情は、頭のなかで分析し、原形がなくなるまで研究して遊ぶ」村田沙耶香

若林　特に負の感情？

村田　小さいころ、負の感情が自分のなかで生まれたときは「これは何なんだろう？」って考え続けるようにしていたんです。中学生のとき、みんなからす

ごく嫌われている先生がいたんです。「あの人はセクハラするから」とか……。確かに、ぎゅうぎゅう身体を押し付けてきたりするのだけれど、人気のある他の男の先生が同じことをしていても、何も言われなかったりすることに違和感があって。私も嫌悪感を抱いたんだけど、**「これは正しい嫌悪感なんだろうか？　果たして公平だろうか？　みんなの噂に惑わされて、嫌悪感を抱いているだけじゃないだろうか？」**って思ったの。「他の先生なら身体をぎゅうぎゅう押し付けられても、〝やめてくださいよ〟の一言で終わっていたことかもしれないのに、こんな風に嫌悪感を抱いちゃうのは、差別なんじゃないか？」……そんな風にずっと**分析してるうちに、嫌悪感はなくなってしまいます。**（先生のこと）全然気持ち悪くないし、身体をぎゅうぎゅう押し付けられても平気！　みたいになって。

村田沙耶香、本気で心配される

加藤　**それはダメ**じゃない⁉　危険だよ、ちゃんと嫌悪感抱かないと！

村田　そんな、**悪気はない**と思う……。

加藤 いや**あるし、なくてもダメだよ！**

村田 セクハラについてきちんと調べると、されている人が嫌だったら悪意はなくてもセクハラだと書いてあるので、それが正しいとわかってはいるのだけれど……。でも、世界から弾かれている人を「みんなが言っているから」というだけの理由で裁いてしまうことが怖くて、そういう風に**負の感情を分析しているうちになくなるの**。その感情が。

加藤 なくなるっていうのが不思議。

若林 西加奈子さんが、村田さんが**よく男性に抱きつかれちゃう**んだっておっしゃってたんです。それは、村田さんなら、怒られなそうだからなのかも？

村田沙耶香は抱きつかれがち

加藤 抱きつかれることを、嫌だと思ってないんだもんね。

村田 年を取ったからさすがになくなったけど、二十代のころは、**よくお客さんに抱きつかれていました。**

若林 コンビニで？

村田 はい。バイト中に。

若林 普通に事件ですよ！

加藤 **「あるある」みたいに！** 普通はないんだよ！

村田 お客さんに「こっちこっち」って手招きされて「はい、なんでしょう？」って行ったら、**ぎゅう**って抱きつかれちゃって。何度か（そういう経験が）あります。

加藤 これ、笑って話してるけど、出るとこ出たらヤバイよ。

若林 危ない危ない。事件だよ。お客さんに呼ばれてるときは、まさか抱きつかれるとは思ってないですからね……。抱きつかれた瞬間はどう思いますか？

村田 **気がつかないふり**をしてしまいます。気がついて反応しちゃったら、なんだか**セクハラっぽい雰囲気になっちゃう**から。

加藤 ぽいっていうかさ、セクハラだし。

村田 だから、気がついてないふりをします。

若林 **抱きつかれて気がつかないわけないでしょ！** どういうタイミングで抱きつかれちゃうんですか？

村田 おにぎりを出してたときに、男の人からずっと**足首を摑まれてた**ことがあって。

加藤 体勢は？

村田 しゃがんだとき、足首を摑まれた。でも、「**私が気づいちゃったら、この人がセクハラしたみたいになっちゃうなあ**」と思って、ずっとおにぎりを並べ続けていたら、他のお客さんが血相変えてやってきて、「お前何やってるんだ！（村田に向かって）大丈夫だった⁉」って言っていて。ああ、セクハラみたいになってしまった……って。

加藤 セクハラだと思わないってことだよね？

村田 うん……だって、**どうして私の足首を摑んでるのかは、その人に聞いてみないとわからないい**ので……。

若林 普通の人は、足首を摑まれたらまずはびっくりするし、悲鳴を上げるけどね。

もしも××しているモノに出遭ったら

若林 じゃあ、痴漢されたらどうするの？ 電車の中とかで。なかった？

村田 **露出狂って、電車の中に出ますよね。**

加藤 出ませんせん出ません。

若林 出たとしても、夜道ですよ！

村田 電車の中に結構露出してる人がいて、でも、それは「**うっかりなのかな？**」って。

若林 うっかり出ちゃうってないんですよ。**ベルト↓チャック↓トランクス、**（出すまでに）**何段階かある**んですよ！

村田 でも、**ものすごく××してる状態**だったの。だから一応逃げたんだけれども、変態じゃない可能性もある。

若林 変態だよ！　うっかり××してるモノが出ちゃうって、絶対にないですからね！

村田 でも、悪意のない性的被害に苦しんでいる人にとってはこんな、時代に逆行するような発言はよくないですね。そういう方をもっと守らないといけないのに。反省します。

今回の「ご本、出しときますね？」

変態の気持ちがわかるかもしれない オススメの一冊

若林　「**変態**」でどう？　変態が出てくるおすすめ小説。村田さん、ありますか？

村田　岸本佐知子さんの『**変愛小説集**』。岸本佐知子さんが翻訳なさったいろんな作家の、変な恋愛の短編を集めたアンソロジーです。二巻あるんですが、両方ともすごく面白い。お人形の女の子に恋をしたり、宇宙に飛んでいってしまう病気になった奥さんへの想いとか……すごくヘンテコ。だけど、ピュアな感じ。**変な話なのに、そのピュアさに打たれる**んです。

若林　今日、実は西加奈子さんが見学にいらしてたんです。まさか、村田さんがここまでぶっ飛んでるとは思いませんでしたけど。

西　もっともっと（ぶっ飛んでる）！

若林　もっと!?　まさか、**××が入るとは思わなかった**ですよ。

若林　というわけで、本日のオススメは**『変愛小説集』**。

『変愛小説集』
岸本佐知子：編・訳
講談社（講談社文庫）

『変愛小説集 日本作家編』
岸本佐知子：編
講談社

第五回

平野啓一郎 × 山崎ナオコーラ

肩の力を抜きたい人にオススメの一冊

ご本、出しときますね？

平野啓一郎
（ひらの・けいいちろう）

1975年愛知県生まれ、福岡県育ち。京都大学法学部卒業。1999年『日蝕』で第120回芥川龍之介賞を受賞。2014年、フランス芸術文化勲章シュヴァリエを受章。他の著作に『葬送』『滴り落ちる時計たちの波紋』『決壊』『ドーン』『かたちだけの愛』『空白を満たしなさい』『透明な迷宮』『マチネの終わりに』、エッセイ・対談集に『私とは何か 「個人」から「分人」へ』『「生命力」の行方〜変わりゆく世界と分人主義』など多数。

山崎ナオコーラ
（やまさき・なおこーら）

1978年生まれ、福岡県出身。國學院大學文学部日本文学科卒業。2004年、会社員をしながら書いた『人のセックスを笑うな』で第41回文藝賞を受賞し、デビュー。他の著作に『カツラ美容室別室』『ニキの屈辱』『昼田とハッコウ』『ネンレイズム／開かれた食器棚』『美しい距離』、エッセイ『指先からソーダ』『かわいい夫』など多数。

若林　平野さんのお宅に伺ったことがあるんです。平野さん（小説家）、僕（芸人）とロバート・キャンベルさん（大学教授）と、野口健さん（登山家）。すごいメンバーですよね。

平野　めちゃくちゃな組み合わせですね（笑）。

若林　最後のほうは、**ロバート・キャンベルさんと野口さんが口喧嘩になっちゃって。**日本の歴史についてだったかな。

平野　喧嘩というか、……まあ、大人の議論ですね（笑）。

若林　山崎さんとは初めてお会いしますね。一九七八年生まれで、僕と同い年なんですね。

平野　僕は七五年生まれなんですよ。

若林　三つ上。おふたりは、**自分たちの世代について**考えることとあります？　僕は、バブル

Q. 世代間の違いについて考えることはありますか？

世代の人たちが言ってることがよくわからないんですよ。それから、すごく若い世代……十代とかの行動もうまく理解できない。**自分たちがキスをする動画をネットに上げてる**とかね。

平野 高校生がやりますね。

若林 僕らは、バブル世代と若い世代の、ちょうど間に挟まれているでしょ？　ポケベルや携帯が出てきて、そのあとにネットが台頭してきて……その時代の流れをリアルに体感している世代。（自分は）どっちつかずだなあって思っちゃう。

平野 今の若い人のなかにも、キスしてる動画をネットに上げるクラスメイトを、**“Go to hell”**と思ってるやつ、いっぱいいると思いますよ。「なんだこいつら」と。僕が今の若者だったとしてもそうだったと思います。

若林 最近、**若い人が聴く音楽にもついていけなくなっちゃった**。「最新ヒットチャート・ベスト20」なんかをとりあえず押さえようとするんですが、聴いてらんない。**もっぱら中島みゆき**なんですよ。井上陽水と、松山千春にまで手を出しちゃって。

平野 井上陽水さんって、世代的にはちょっと上ですよね。

若林　そうなんですけど（笑）**胸に響いちゃう**んですよ、その三人が。

年齢を重ねて、聴く音楽に変化はあるか？

平野　やっぱり、**十代の音楽の刷り込みは、すごく強い**と思いますね。ギターの音って、音楽によって違うじゃないですか。ファンクの音と、ヘビメタの音とか。**エレキギターの音が、どういう音が好きか**というのは、十代のころにどの音楽に傾倒したかによってくる。

山崎　おっしゃるとおりで、十代のころに聴いてたものを、今も聴いてますね。

若林　あら。僕と同い年だから……小室ファミリーですか？

山崎　**やっぱりglobe**。渋谷系を今でも聴いてます。小沢健二とか、オリジナル・ラブとか。

若林　平野さんはどうですか？　もし女性に生まれていたら、小説家をやってました？

Q. 自分が今の性別と違う性別だったら、今の職業についていますか？

平野 考えたこともない質問ですね（笑）。

若林 僕も考えたことなかったなあ。山崎さんはどうですか？　もし、男性だったとしたら。

山崎 **小説を書いていると思います。**私は一応、性別を公表せずに仕事してるつもりなんです（笑）。

山崎ナオコーラ、性別非公表のつもり

若林 そうだったんですか⁉　確かに、名前からすぐにはわかりませんよね。

山崎 そうなんです。だからもちろん**どういう性別だろうと、この仕事をやりたい**と思っています。

若林 何度も質問されていると思うんですけど……「山崎ナオコーラ」というのはどういう意味でつけられたんですか？　性別をわからなくするために？

「ナオコーラ」を後悔

山崎 そうですね。でも、正直後悔してます。

若林 「ナオコーラ」を後悔してるんですか？

山崎 非常に後悔してます。**なんでこんなに恥ずかしい名前を……**。

若林 （恥ずかしいという）意識があります？

山崎 さすがにありますね。

若林 なぜ「ナオコーラ」なんですか？　コーラが好きとか？

山崎 そう、コーラが好きでつけたんですけど……やっぱり年齢が上がってくると、**すごく苦しくなってきます**。

若林 **「ナオコーラ」の呪縛**が。

平野 **コーラが送られてきたり**しないんですか？

山崎 今のところはないです。

平野 じゃあ、これを機にね、一年分とかね。

山崎 でも**年齢が上がってきてさすがにあまり飲まなくなってきた**。

若・平 （笑）

若林 小説家さん

Q. スランプに陥ったことはありますか？

でいうと、「書けなくなる」ということでしょうかね。平野さん、あります?

平野 僕は今のところないんですけど、四十歳になったんですよね。いろんな作家の四十歳のころを調べたら、昔は特に**あんまり四十代以降生きてない人が多かったり**する。芥川龍之介(あくたがわりゅうのすけ)とか、梶井基次郎(かじいもとじろう)とか……みんな早くに死んでる。あと、ちょっと難しい時期に入ったりとか。だから「二十年近く仕事をして、四十歳になったときに、スランプが来るんじゃないか?」と考えて、『マチネの終わりに』という小説を書いたんです。その本で、**予防的に四十代問題を考えた**。スランプになる前から、いろいろ考えておこうかなって。

ミュージシャンも年齢によって音楽性に変化が?

若林 ロックバンドも同じですよね。二十代のときにセカンドアルバムやサードアルバムでとんでもない作品を生み出して、世の中に大きなインパクトを与えたとする。そうすると、その次の作品は、ちょっとボサノバ調にしてみたりとか……変えてきますよね。

平野 そう。**帯のところに「問題作」**とか書いてある。「買うべきか買わざるべきか」みたいなね。

若林　四十代って、そういう変化をする世代なんでしょうか。

平野　そうなんじゃないかな。バンドだったら解散すればいいですけど。

若林　山崎さんはスランプ、経験しました？

山崎　**三年前くらいに、ありましたね。**

若林　書けなくなっちゃった？

山崎　**パソコンに向かうと、涙がダラダラ出てきて、**全然書けない。

若林　穏やかじゃないですね。

山崎　書くのが辛いし、雑誌に発表するのも本出すのも、すごく怖かった。

若林　今は乗り越えたんですか？

山崎　吹っ切れたんですよ。

若林　お、吹っ切れた。**それはどういうきっかけで？**

山崎　父が亡くなったりして、ふふっ（笑）。

若林　笑いながらする話でもないと思うんですが……（笑）。聞いてもいいですか？

お父さんが亡くなったことは、自分にとってどんな影響がありました？

山崎　今までぐだぐだ考えてたことがくだらなく思えたんです。「すごくいい作品じゃなくてもいいし、売れなくてもいいし、認められなくてもいいからとりあえずやりたいことだけやろう、書きたいことだけ書こう」と決めたんです。人に迷惑かけてもいいや、**出版社さんとかが困ってもいいや**と。

若林　**ずいぶん逆に振りきりましたね。**

若林　「傷つく」ねえ……。ナオコーラさんはどうですか？

山崎　私は「ヘタウマ」と言われると傷つきます。よく言われるのが、「**知性のない文章だけど好きです**」。

若林　気になっちゃう？

山崎　本当にそうなんですけど、人からそう言われると「**いや、でも、自分では頭良いつもりなのに**」とはちょっと思います。

若林　なるほど。平野さんは？

Q. **これを言われるといちばん傷つくということはなんですか？**

平野 「傷つく」というのはあんまりないんです。僕の本を全然面白いと思わない人も、世の中にはたくさんいると思うし。だけど「前作まではよかったのに、今回のはちょっと……」というのは、**寂しいですよね**。あと、サイン会に来てくれたり、街中で話しかけたりしてくれた人に**「母がファンなんです」**っていうことをすごく強調されたりね（笑）。

平野啓一郎、いらないアピールにちょっと傷つく

若林 わかる！

平野 もちろんその方のお母さんに対して「ありがたいな」とは思うんですけど、「**私は違う**」「**私じゃなくて、母がファンなんです**」ということを、ものすごく強調されたり（笑）。

若林 あるある！（笑） なんなんですかね、あれ！（怒）

若林 平野さんからの質問。ああ、これは面白いですね。ナオコーラさんから聞いていいです

Q. 恋愛に傾向はありますか？

か？　恋愛に傾向はありますか？

山崎　私は、夢中になるのが好きじゃないので。本も、夢中で一晩かけて読んじゃうんじゃなくて、ちょっとずつ読むのが好きなんですよ。だから、「夢中にならない」という傾向があるかもしれない。

本も恋愛も、夢中になるのはイヤ

若林　どうして夢中になりたくないんですか？

山崎　**怖いじゃないですか、自分じゃなくなるみたいで。**恋愛が好きな人は、それがいいんでしょうけどね。

若林　「歯止めが利かなくなるみたいで怖い」ということですね。

山崎　友達が「真夜中に会いに行った」とか話すのを聞くと、「ああすごく怖い」って思う。

平野　まあ、怖いですよね。

若林　（笑）

平野　**僕は、「ムード重視」がイヤ**ですね。シチュエーションに凝るとか。「景色のいいレストランでサプライズ」みたいなことを、なかなかできないというか、そもそも発想がない。だけど実は相手が、そういうことを求めてたというのを後で知って、**「あっ……そうだったんだ」**って。

ムード演出ができない平野・客観視する若林

若林 わかるなあ。

山崎 じゃあ、サプライズは一切しないんですか？

平野 一回もしたことないです。

若林 僕はね、お話しするのが恥ずかしいですけど……**どうしても女の人が自分より上のイメージがあるん**ですよ。だから、**腕枕ができない。**腕枕って、「女を守る」感があって、笑っちゃうんですよね。**「俺が腕枕してるよ」って自分で客観視しちゃう。**

恋人の優しさに反発

若林 これを言うのもすごく恥ずかしいですけど、「女の子に面倒を見られたい」という願望がある。で、**五年にひとりくらい現れる**んですよ！　俺の面倒を見ようとしてくれる女の人が。その人に四か月くらい面倒見てもらって、すごく心地いいんですけど……僕、人間としておかしいのは重々承知してるんですけど……**五か月経ったあたりから、「ナメてんじゃねえぞ」と思うようになっちゃう。**「寝るときに足が冷えると偏頭痛になるから、五本指ソックス買ってきたよ」って言われると、「ナメてんじゃねえぞコラ」となっちゃうんですよね。

「あきらめる」山崎ナオコーラ

マイルール

これだけはする、これだけはしないと自分に課している〝ルール〟。そこに秘められたそれぞれの人生哲学とは？

若林 なぜ? 人生のルールが「あきらめる」というのは。

山崎 **「あきらめる」という言葉が、すべての言葉の中でいちばん好き**なんです。

若林 へえぇえ。「平和」や「愛」を押しのけて、「あきらめる」。今まで、どんなことをあきらめました?

山崎 なんだろう……本が売れることとか。

若林 あきらめてるんですか? それ、ダメじゃないですか。

山崎 あとは、「いい人になることをあきらめる」とか。どうせ自分はこの程度の人間だからやりたいことやっていいんだ、と思える。**すべてをあきらめると、すごくいいのでおすすめです。**

若林 「みんなもあきらめてみるとイイよ!」ってことですね(笑)。

あきらめる=楽に生きる方法

若林 その〝あきらめブーム〟が来たのは何歳くらいですか?

山崎 生まれたときから、あきらめていたような気がします。

若林 **産声とともに!?**

平野 わかりますよ。**森鷗外だって、最後に辿り着いた境地は「諦念」**、あきらめるということです。

＊鷗外は当時発表した小説『ヰタ・セクスアリス』が発禁処分を受けた際に、「諦念」という言葉を用いて立場を明らかにした。

平野 **何かが欲しいと追求している限り、どこかであきらめなくちゃいけないことがある。**仕方ないことってあるでしょう、人生って。不可抗力というか。だけどそれを全部「努力でなんとかなる」と言われてしまうと「俺の努力が足りないんじゃないか」と考えてしまう。だから、どこかで「俺じゃなくて世の中が悪い」と思うのは、僕も執着しない人間だから、理解できます。

若林 **バスに乗れそうなとき、走りますか？ あきらめますか？**

山崎 ……今日、ここに来るのに、電車を乗り間違えちゃって。だから非常に、言いづらいんですが……。

山崎ナオコーラ、集合時間に遅刻!?

若林 噂では聞きましたよ。ナオコーラさんが外を爆走してきたという。ワンピースで、汗だくで、**遠くからナオコーラが神保町をバアーっと爆走してきた**という情報が入りました。

山崎 本当に申し訳ないです。電車を逆方向に乗ってしまって、三十分くらい、気づかなかったんですよね。

若林 これまただいぶ気づかなかったですね。ちなみにどこの駅で気づいたんですか？

山崎 新宿から神保町に行こうとしたんですけど、**気づいたら桜上水にいた**んですよね。（七駅分、気づかず）

若林 おおう。行ってますねえ。

山崎 あきらめがちだからそうなったのかもしれません。「頑張って行こう！」という気持ちがないし。

平野 ちょっと結びついてるかもしれませんね、人生のルールと。

マイルール

「人が抱えている複数の分人を尊重する」平野啓一郎

若林　分人主義。平野さんは、分人の本も出されてますね。

＊「分人主義」……平野が著書『私とは何か「個人」から「分人」へ』で提唱した、人間が相手次第で様々な顔になることを肯定する考え方。

平野　いくつも人格があると、みんな「(あの人には) 裏表がある」というか、表面的に取り繕っているだけのように言いがちです。だけど、**やっぱりみんないろん**

な面がありますからね。それを尊重しないとな、と思います。

若林　僕、「**分人**」という言葉が、普通に使われるようになってほしいなって思ってるくらいなんですよ。僕も、**深夜のラジオとお昼の情報番組は違う分人で出てる。**番組の演出で腹が立つのが、昼の情報番組のなかで「若林は深夜のラジオで、こんなことを言いやがってましたよ」って紹介するときがあるんですよ！　**いや違う分人でやってるから！**　昼じゃ言わねえよ！　そう思うときがありますね。

平野　**高校時代にこんな作文を書いてた**とかね。

若林　そうそうそうそう！

平野　そういうこと（今になって）言われてもね。

マイルール

「ワンピースしか着ない」山崎ナオコーラ

若林　これは山崎ナオコーラさんのルール。

平野　僕じゃないですね。

若林　「**えっ？　平野さん……**」ってなりますもんね。なぜですか？

山崎　これはですね、**天才に憧れてる**んです。

若林　いきなりですね。直球ですね。

山崎　『のだめカンタービレ』という漫画があって、主人公ののだめがワンピースしか着てなくて。

＊『のだめカンタービレ』……二ノ宮知子の大人気漫画。天才だが変人のピアニスト・野田恵の恋と成長の物語。

山崎　作者の二ノ宮さんがおっしゃるには、楽だからワンピースしか着てないそうで、**「天才はワンピースしか着ないんだな」**と思って。私も真似をしようと。

平野　以来ワンピースしか？

山崎　**ときどき違うの着てます。**

若林　着ちゃってるじゃん！　ルール違反ですよ！

ルールもあきらめる

平野　ときどき天才じゃないんです。

若林　なるほど（笑）。

「天才」って、どういう人？

山崎 平野さんは、「天才」ってどういうものだと思いますか？

平野 なんですかね？ 「その人の才能を、世間もまた愛する」ということもあると思います。

山崎 『マチネの終わりに』は、天才のギタリストが主人公で、「天才にまつわる悩み」がすごく描かれていたと思うんです。私は、自分が天才になりたいので（笑）天才たちが憧れでありつつも、**彼らは孤独なんだろうな**って感じました。

平野 孤独でしょうね。**その人にしかわからない悩みがある**と思うから。

若林 天才といわれる人に会って観察すると、**彼らは幸せそうではない**んですよね。僕、すげえ「センスある」って思われたかったんですけど、それって、常に欠落感を抱えながら死ぬほど努力しないと達成できることではない。むしろ「そのレベルまで行けないだろうな」ってあきらめたら、「**やっぱゴルフやりながら生活していこうかな**」と思えましたね（笑）。

平野 僕も、何度か世界クラスの天才に会ったことがあります。音楽家とか画家とか、小説家とかね。やっぱり、**独特の人の好さ**がありますよね。愛想の良さというか。すごくにこにこしていて、人あたりも柔らかい。そうでなければ、**彼らはあっという間にこの社会から孤立してしまうから**。だから、**中途半端な人こそ自分を天才に見せようとして横柄になる**んだと思う。本当にすごい人たちは、親切ですよ。

今回の「ご本、出しときますね？」

肩の力を抜きたい人にオススメの一冊

若林　あるかどうかわからないけど……。平野さん、「あきらめるといいことがある」ことを教えてくれる本ってありますかね？　これを読むと楽に生きられるよ、みたいな。

平野　**森鷗外の小説は、全編が基本的に「あきらめる」**が貫かれています。主人公たちが自分の意思ではどうしようもない運命に巻き込まれていく。読者は、彼らが自己責任でどうこうできたとは思わなくて、「しょうがなかったんじゃないかな」と理解する。教科書なんかにも載っている『高瀬舟』なんかを読むと、そう感じる。それは、**鷗外なりの優しさ**なんでしょう。

若林 森鷗外の作品のなかで、どの作品が良いですかね？

平野 『高瀬舟』は色んなテーマが凝縮されてますね。

若林 というわけで、本日のオススメは『**高瀬舟**』。

『高瀬舟』
森鷗外
集英社（集英社文庫）

第六回

佐藤友哉 × 島本理生

夫婦で読むのに
オススメの一冊

ご本、出しときますね?

佐藤友哉
（さとう・ゆうや）

1980年生まれ、北海道出身。2001年『フリッカー式─鏡公彦にうってつけの殺人─』で第21回メフィスト賞を受賞し、作家デビュー。2007年『1000の小説とバックベアード』で第20回三島由紀夫賞を受賞。他の著作に『灰色のダイエットコカコーラ』『世界の終わりの終わり』など多数。

島本理生
（しまもと・りお）

1983年生まれ、東京都出身。2001年『シルエット』が第44回群像新人文学賞優秀作となり、デビュー。2003年『リトル・バイ・リトル』で第25回野間文芸新人賞、2015年『Red』で第21回島清恋愛文学賞を受賞。他の著作に『ナラタージュ』『アンダスタンド・メイビー』『よだかの片想い』『匿名者のためのスピカ』『夏の裁断』など多数。

若林　最初に確認させていただきますが……**ご夫婦ですよね？**　ご夫婦でテレビに出たり、雑誌のインタビューを受けられたりするんですか？

島本　雑誌は一度だけあります。テレビは初めてです。

若林　どういう気分ですか？　やりにくい？

佐藤　**恥ずかしいです。**

若林　いつもお互い家にいるんですもんね。

佐藤　（島本を指しつつ）**何を着飾っているんだか。**

島本　言い方が悪いよ！

若林　やっぱり、家と違いますか（笑）。

お互いを苗字で呼ぶ夫婦

若林　噂によれば、お互いの呼び方が変わっていらっしゃるという。

島本　え？

佐藤　そうですか？

若林　島本さんは、佐藤さんのことをどう呼んでるんですか？

島本　**「佐藤さん」**。

若林　でも、島本さんも「佐藤さん」ですよね。佐藤さんは島本さんのことなんて呼んでるんですか？

佐藤　**「島本さん」**。

若林　えっ⁉

佐藤　何か変ですか？

若林　**いや、変でしょ！**　佐藤さんは、島本さんのままですか。

島本　ままです。

佐藤　変わりませんね。

若林　それは、何か理由があったんですか？

島本　付き合いはじめのころに、私が「名前で呼んでもいい？」って聞いたんですね。いいよって言うから「友哉」って呼んだら、**すっごく怒られて**。

原因は佐藤友哉の「先輩」意識

若林　いいじゃないですか！　彼女に下の名前で呼ばれるの、普通でしょ⁉

島本　本当に怒られたんですよ。

佐藤　**年下なのに呼び捨てで呼ばれたからびっくりしちゃって。**

若林　だって、彼女と彼氏じゃないですか！

佐藤　そうなんですけれども。**こちらにも「先輩なのに」みたいな気持ち**がありますからね。

若林　**急に縦の関係が出てきた**んですね、そこで。

佐藤　そう、それで（島本が）怒っちゃって。

島本　私、かんかんになっちゃって、**もう一生名前で呼ばない！**　って。

若林　**それも極端**ですよ。

夫に作品を読まれたくない理由

若林　お互いの著作は読みます？

島本　佐藤さんの本は、ほとんど全部読んでますよ。

若林　おっ！　島本さんの本は？

佐藤　**あんまり……**。

若林　**読みなさいよ！**　読んであげてくださいよ、奥さんの作品なんですから。

佐藤　こう言ったら語弊があるかもしれませんけど、女性作家の本ってほとんど読まないんですよ。

若林　**語弊がありますよ。**

佐藤　語弊がないようにしたいですけど。

若林　島本さんにしてみると、どうですか？　佐藤さんに読んでほしいですか？

島本　最初はそう思っていたんですが……私、恋愛小説をたくさん書いているので、**読まれると都合が悪いことがどんどん出てきて。**

若林　どういうことですか？　都合が悪いって。

島本　一昨年ぐらいに出した『Red』という作品が、**不倫小説で、しかもセックスレスがテーマで、前半は旦那さんへの不満がバアーっと書いてある**んですよ。もちろんモデルじゃないんですけど、あんまり読まれたほうがいい内容じゃないなって。

若林　本の感想は伝えているんですよね？

島本　はい。

若林 伝えるの、難しくないですか？

島本 良くないと思ったときは、感想を言わないようにしています。

佐藤 あれ？ **良くなかったのあったの？** 全肯定だと思ってた。

島本 **すごい自信だね！**（笑）

若林 **すごい自信だね！**（驚）

佐藤 **どれ？ どれ？**

若林 今はいいじゃないですか。**家に帰ってからにしてね。**（収録中なんだから）流しましょうよ（笑）。自分の作品を、奥さんが全肯定していると思ってた？ 佐藤さん。

佐藤 **全部信頼を得てると思ってた。**

若林 そりゃあ奥さんにはそう思ってほしいですよね。

佐藤 良し悪しはあるよね。冷静になってみてね。そりゃそうだよね。

若林 これは佐藤さんからの質問ですね。

佐藤 以前、NON STYLEの石田明さんと

Q. 芸風、作風は変えられると思いますか？

出版社の企画で対談させていただいたんです。NON STYLEがブレイクする前夜くらいの時期に、笑い飯がシュールギャグで一世を風靡したときがあったらしくて、そのときに、ほかの漫才師の方々も、「これは俺たちもシュールでいかなければならん、ちょっと芸風を変えなければならん」ということになって、**みんな無茶やって肩を壊した**っていう話を石田さんから伺ったんです。

若林 で、芸風を変えられるのかどうか。

佐藤 僕も、なかなか作風は変えられないもんなんで。変えようとしたらやっぱり一回**肩やっちゃった**んで。みなさんはどうなんだろうと。

若林 これは面白いですね。もともと春日がツッコミで、僕がボケだった。だから**スタートから肩壊してた**んですよ。ふたりとも肩ボロボロ。

島本 今のイメージからは想像がつかないですね。

佐藤 **初球投げる前にね**。

若林 初球投げる前から肩をやっちゃってて、だから最初は、**自分に合った投げ方を見つける十年**でしたかね。おふたりは、全く違う、今まで書いたことないフィールドに行こうとするときは、すごく取材するんですか?

取材する妻、取材相手がいない夫

島本　私はします。

若林　どういうジャンルに踏み込むときに、どういう取材をしたんですか？

島本　知らない職業を書くときには、必ずその職業の方、何名かにお話を伺います。やっぱり立て続けにお会いすると、「この職業の人ってこういう服装でこういう喋り方をするんだな」って摑めるんですよね。職業によってすごく傾向があるんですよ。

若林　佐藤さんはどうですか？　取材とかしますか？

佐藤　僕はですね、書く小説が、**五十人のおばあちゃんと巨大グマが戦う**とかそういうやつなので。どうかしてるから。**取材をする対象がもうクマくらいしか見つからなくて**。

若林　クマは取材したんですか？

佐藤　のぼりべつクマ牧場に行ってきました。クッキーあげたりして、クマのことはだいたい摑めた。

若林 やっぱり取材しないとわからなかったですか？

佐藤 **のぼりべつクマ牧場のクマは、飼いならされた、牙を抜かれたクマ。**

若林 それ**取材失敗してる**じゃないですか。

佐藤 もっと野生のクマを見たかったんですけどね。クッキーがほしいから、**何も言ってないのに芸をしはじめる**んですよ。

若林 見たいのはそういうクマじゃない。

佐藤 そういうのじゃないんだ。

若林 島本さん、先ほどのお話にもありましたが、不倫小説のモデルは？

Q. 登場人物のモデルはいますか？

佐藤 **ゲスなお相手がいるの？**

島本 **いるわけないじゃないですか！** それ以外なんて言えばいいんですか（笑）。

若林 そうですよ。**旦那さん、立ち入りすぎ**ですよ。じゃあ、どの小説でも、基本的にモデルはいないんですか？

島本 いいえ、だいたいいます。でも（そのままじゃなく）足してあったりします。二、三人のイメージを足してつくったり、それから、過去に自分が付き合った人じゃなくても、知り合いの男の人のイメージを反映させたりします。

若林 ノートとかに、登場人物のアイディアをメモしたりするんですか？

島本 ううん、**書かないと忘れちゃうようなことは、小説にはならない**ですね。

若林 書かなくても頭の中にあるということですか？

島本 というより、「これを書きたいな」って思ってからずっと覚えていられるくらいの出来事だったり会話だったりじゃないと、小説に書いてもそんなにいい場面にならないんです。

佐藤 よく聞く、それ。

若林 **何を勉強してるんですか、**収録中に。

島本 全然ピンと来てなさそうだね（笑）。

佐藤 **メモ取らないと忘れちゃう**んで、結構取ってます。

若林 佐藤さんの作品は、描写が激しいですよね。つまり、「こういうやつはこんなことをするぞ」ということをメモった「悪い人ノート」があったりするんですか？

佐藤　僕はモデルがいるわけじゃないですね。多重人格ではないけれど、いろんな思いやいろんな妄想やいろんな性格というものが、人間の頭のなかにはあるの。その一部分を小説に出力する。そういう意味では、**登場人物のモデルは、だいたい全部自分自身**ですね。

若林　ひえぇー。なかなか激しい人物ばかりお書きになりますよね。あれが一緒に生活する夫の頭のなかにあると思うと、妻として、怖くないですか？

佐藤　**僕だったらやだよ。**

夫から妻への、謎のリクエスト

島本　私たち、同じ部屋で執筆したりするんですよ。付き合いはじめのころ、ふたりで小説を書いていたときに、佐藤さんが、「**君さ、ちょっとさ、ぬいぐるみ食べてみてくれない？**」って言うんですね。だから、「佐藤さん、私はぬいぐるみは食べられませんよ」って言ったら、「そっか！」って。**なに今の会話⁉︎**　全然わかんない、この人、と思いました。

作家合コンの実態

若林　おふたりの馴れ初めは？
島本　**作家合コン**です。
若林　作家合コン？　そんなものがあるんですね。
島本　一度だけ、あったんです。
若林　メンバーは……言えないですよね？
島本　いえ、そのときの様子は、作家の**乙一さん**がエッセイで書いているので。
若林　乙一さんと佐藤友哉さんってすげえメンバーですね。超怖いじゃないですか。
佐藤　**そんな合コン行きたくないですよね。**
若林　**正直、ハイ。**
島本　私は合コンじゃなく、飲み会だと聞いていたんですよ。「作家さんと飲み会がありますよ〜」って、編集者さんに誘われて。
若林　まあ、飲み会の別名は合コンですね（笑）。島本さんの印象はいかがでした？
佐藤　彼女は**非常に合コン慣れしていて。**

若林　えっ！　とても合コン慣れしてるようには見えませんが。

島本　**してないですよ！**（笑）

島本理生、合コン慣れ疑惑

佐藤　合コンの鉄則らしいんですが、彼女、遅れてきたんですよ。

島本　当時は大学生で、授業の後だったんです！　わざとじゃない！　……という話を、**もう五回くらいしてる**のに。

若林　ちゃんと聞いときましょうよ（笑）。じゃあ、佐藤さんの印象はどうでした？

島本　佐藤さん、昔は人と目を合わせないことで有名だったんです。

佐藤　そんなに有名だった？

島本　合コン中もずっと下を向いて喋ってるから、どんな顔をしてるのかさえ、よくわからなくて。

佐藤　ずっと自分のつま先と喋ってました。

若林　僕もわかります。人の目を見られませんよね。最初の出会いからどのくらい経って付き合うことになったんですか？

島本　最初の出会いからしばらく経って……**きっかけはゾンビ**だったんですけど。
佐藤　そうだ。思い出した。ハイハイハイハイ。
若林　なんですか、ゾンビって。
島本　佐藤さん、すごくゾンビものが好きなんです。ゾンビ映画とかゾンビ漫画とか。そのときも、「ゾンビ映画のＤＶＤを観たいけど、ひとりで観るのは怖いから嫌だ。だから、一緒に観てくれ」って言われて。
若林　それ、**完全にヤリチンの誘い方**じゃないですか！　こんな台詞、この番組で言うつもりなかったんですけどね（笑）。……怖いっていうのは、本当だったんですか？
佐藤　はい、本当に怖かった。そして、**友達も一貫して、いない**から。

マイルール

これだけはする、これだけはしないと自分に課している〝ルール〟。
そこに秘められたそれぞれの人生哲学とは？

「依頼の時点で微妙な感じがした仕事は、必ずトラブルが起きる」島本理生

島本 だいたい仕事の依頼はメールで来るんです。「条件も悪くないし文面も丁寧なんだけど、なんか変」というものがあるんですよね。だけど、別に断る理由がなかったら、受けるでしょう？　そうすると、**だいたい後から一方的に「これもやって、あれもやって」になる。**　しかも頼み方だけは、丁寧なんです。「島本先生にぜひともこのテーマで書いていただきたく、お忙しいなか大変申し訳

ありませんが、このタイトなスケジュールで……」みたいな。

若林 僕も、勘でわかりますね。いちばん気をつけてるのは、最初の打ち合わせで「ヤバイことやりましょうよ！」って言うやつ。ああ、こいつはまずいなって思いますね。

佐藤 いるんですか？ そんなテレビの人みたいなことを言う、テレビの人が。

若林 コントみたいでしょ（笑）。

マイルール

「肩書きに作家とついている作家以外の人間を信用しない」佐藤友哉

佐藤　作家って免許制じゃないんですよ。資格がいらない。極端なことを言っちゃえば、**作家って名乗っちゃったら作家**なんですよ。そういうのもあってでしょうね、一部の芸能人や文化人の方々のなかに、「モデルで作家」とか「ライター兼作家」が増えてきた。

若林　ああ、そういうことかあ。

佐藤　そんな感じで、「作家」という肩書きで自分を盛ってる人がいる。そういう人を見ると、「じゃあお前の書いた本見せてみろよ！」という気持ちになってしかたがないですね。

若林　本当に小説でご飯食べてる作家以外、つまり、**本業じゃない人は信用しない？**

佐藤　もちろん、天が二物を与える場合もありますよ。でも九割はそうじゃないやつばかり。

若林　わかります。

佐藤　**野菜ソムリエみたいな感じで、盛ってる。**

若林　野菜ソムリエ（笑）。

佐藤 肩書きがつけばつくほど、「いくつもつけてる」感じがして、いたたまれないし、許せない。

マイルール

「嫌いなものの批評はしない」島本理生

島本 小説でも何でも、「自分には全然わからないもの」ってあるんです。これはすごく評価されているけど自分にはピンとこないとか、正直好きじゃないとか。でも、自分にわからないものに対して、安易に批評するのはやめようと思っていて。**自分にはわからないもので、明日救われる誰かがいるかもしれない**という風に思うんですね。

佐藤友哉、突然の告白

若林 佐藤さんはいかがですか？「○○を批評してください」というお仕事が来た場合、それがわからないものだった場合。

佐藤 結局、好きなものって限りがあるから。**嫌いなもの、興味のないもののなかからしか、次の好きなものは生まれない**と思ってるんですよ。僕はこんな性格なんで、**好きなものって二、三個くらいしかこの星には存在しない**。

若林 すっくないですねえ。

佐藤 だけど、増やしていかなかったら、やっぱり広がらないから。**嫌いなものを、嫌だ嫌だと思いつつ、視界の片隅に留めておき続けるような作業**を続けています。

若林 ちなみに、この星にある好きなものっていうのはなんですか？

佐藤 ひとつは月並みですけど、**この妻との生活**。

若林　**急にいい旦那出てきたよ！**　気を失いそうになりました。びっくり。まさか、そこから球が飛んでくるとは思わなかった。急にのろけたから。よかったですね、島本さん。あとは趣味とか？

佐藤　クマ。**具体的にはヒグマ**ですよ。

若林　すごいなあ、この楽しい幸せな家庭とヒグマが好き。すごい星ですね。クマの惑星。

今回の「ご本、出しときますね？」

夫婦で読むのにオススメの一冊

若林　ご夫婦のお話を楽しく聞かせていただいたので、せっかくだから「夫婦」が出てくる本がいいな。

佐藤　夫婦が出てくる小説……？

若林　あら、あまりそういうのは読まれないですか？　じゃあ、島本さんにお願いしてもいいですか？

佐藤　そうですね。

若林　早っ！　白旗揚げるの、早い。

島本　今まで読んだ「夫婦本」のうち、いちばんすごいと思ったのは、**島尾敏雄（しまおとしお）の『死の棘』**です。夫婦生活が十年以上経ってるのかな？　で、夫の浮気がバレるんですよ。奥さんはもう、怒って怒って、夫は毎晩毎朝責められて。生きるか死ぬか殺すか殺されるか、それを延々延々書いてるだけの小説です。だけど、これは**浮気小説のリアルさにおいては、最高峰**だと思います。

若林　島本さん、またなぜ浮気小説のほうの最高峰を選んだんですか!?

若林　というわけで、本日のオススメは『**死の棘**』。

『死の棘』
島尾敏雄
新潮社（新潮文庫）

第七回

羽田圭介 × 藤沢周

世界の実相を掴みたい人に
オススメの一冊

ご本、出しときますね?

羽田圭介
（はだ・けいすけ）

1985年生まれ、東京都出身。明治大学商学部卒業。2003年『黒冷水』で第40回文藝賞を受賞してデビュー。2015年『スクラップ・アンド・ビルド』で第153回芥川龍之介賞を受賞。他の著作に『不思議の国のペニス』『走ル』『ミート・ザ・ビート』『御不浄バトル』『「ワタクシハ」』『隠し事』『盗まれた顔』『メタモルフォシス』『成功者K』など多数。

藤沢周
（ふじさわ・しゅう）

1959年生まれ、新潟県出身。法政大学文学部卒業。1993年に『ゾーンを左に曲がれ』（『死亡遊戯』と改題）でデビュー。1998年『ブエノスアイレス午前零時』で第119回芥川龍之介賞受賞。2004 年より母校・法政大学経済学部で教授をつとめる。他の著作に『刺青』『陽炎の。』『幻夢』『心中抄』『焦痕』『第二列の男』『武曲』『サラバンド・サラバンダ』など多数。

若林　僕、藤沢先生の『オレンジ・アンド・タール』という小説の解説を書かせていただいたんです。

藤沢　スケボー少年の物語ですけれども、若林さんの解説があまりにも素晴らしくて。**小説よりいい**んですよ。

若林　そんなことないですよ（照）

羽田　いやあ、よかったです。僕も（解説を）読んで**嫉妬しました**からね。

若林　羽田くんもあの本の解説を書きたかったんだよね。藤沢先生は今、大学教授をしていらっしゃるんですよね？

2004年〜、法政大学経済学部教授

藤沢　法政大学の経済学部で、日本文学や文章表現などを教えています。若林さんのお話をすると、教室がワッと盛り上がりますよ。

若林　恐縮です。羽田くんは仕事で会いますけど……**またそのTシャツ？**　いつも言うけどさ……もう、小説は売れたからいいでしょ。

書籍PRのため、常に自作Tシャツを着用

羽田 いや、又吉さんの『火花』と比べると全然売れてないんですよ。**潜在能力としては二百万部超えられる**と思うんです。

若林 「もっと読んでほしい！」と。

羽田 そうなんです。もっと潜在能力の限界まで売れてほしいんですよね。

若林 「これを着るのはやめない！」と。

羽田 本音を言うと、**春日さんのベストみたいな感じで、これを着ないと不安でしょうがない。**

若林 つくってるんですか？ ご自分で。

羽田 はい、インターネットで注文して。

若林 出版社の人はつくってくれないんですか？

羽田 「欲しい欲しい」という声をサイン会で聞いてたので、調子に乗ってつくったんですよ。各サイズ百枚。そうしたら、**Sサイズが八十枚以上余って、**家に在庫がある。

Q. 強迫観念はありますか？

藤沢　これは、若林さんに伺いたいと思って。

若林　強迫観念ねえ。**「明日仕事がなくなって、収入が〇円になるかもしれない」という恐怖**は、一ミリもなくならないですね。

藤沢　今でも？

若林　いちばんお金と仕事がなかった時代は、風呂なし・家賃三万のアパートに住んでいて、隣人がタトゥーだらけのラッパーだったんですよ。彼が練習する声が――風呂なし・家賃三万のアパートですよ――**「俺がナンバーワン」**とか、聞こえてくる。で、上はこれまたタトゥーだらけの夫婦。いっつもドタバタうるさくて……鍋をバアンって天井に向かって投げたこともあります。そういうアパートで暮らして、風邪を引いて熱が三十八～九度あったとしても、病院に行く金がない。そんな生活のなかでも、なにか楽しみを見つけられればよかったんですけどね……**「社会から爪弾きにされてる」**という思いが、他人より強すぎて。だから先輩に、「もっと高いブランドものの服を着て、いいワインを飲んで、いいものを知らなきゃダメだよ」って言われると、今でも**怒りが止まらない**んですよね。

羽田 若林さん、貯金、すごく貯まってるでしょ？

若林 **正直、ハイ。**

羽田 だからそれを**年利五パーセントの投資信託**に回せば、とりあえず暮らしていけると思うんですよ。「お金と仕事がない」っていう充実感の欠如と、強迫観念はまた違うのかな。

若林 そうそう。仕事してる間は、自分の内側のことで悩まなくていい。それに、金銭が発生すると「社会に必要とされてる」と思えて、自分のなかの欠落感が埋まった気になる。その「必要とされてる感」を失う怖さ。今仕事がなくなったときに、その欠落とうまく付き合う技術や、人間力への自信がない。そこから来る強迫観念かもしれませんね。

藤沢 僕も恐怖はありますね。

若林 あります？

藤沢 ときどき、**就寝中にガッと起きて、「あっ、大丈夫だな」と安堵する**ことがある。若いころの恐怖を思い出すんです。「もう食えない、どうしよう」と。

若林 藤沢先生の小説には、一旦社会から退場してる人や、退場したい人がたくさん登場しますよね。藤沢先生ご自身に、そういう時代があったんですか？

藤沢周、××××歴あり

藤沢 **僕は、就職できなかった。**学生時代に、作家になれると勘違いして。

若林 小説を書いていたんですか？

藤沢 それこそ文学賞に応募してた。そしたら、二次選考とか三次選考まで残ったわけ。で、「これは卒業するころには作家になれるわ」と誤解して、一切就活をしなかったんですよ。そしたら、卒業だ、学生証を返す、奨学金ももらえない。もう明日食う金もないんですよ。実家からの仕送りはゼロだったので。だから肉体労働やったり、**パチプロやったりさ**。

若林 パチプロやってたんですか⁉

藤沢 釘が読めたんですよ。だからホント、パチンコ台が役物（パチンコ台に搭載された仕掛けの総称。玉を振り分けたり、入賞口へ誘導したりする物理的な役割がある）

のころは足釘読んで天釘読んで、それで暮らしてたんだけど、ある日確変（確率変動。デジタルのパチンコ台で、大当たりする確率を通常よりも引き上げること）が出てきて。スロット系のね。そのとき、「あっ終わった」って。

確変→人生終了

藤沢 もうね、世界の底に、コツンと尻をついた感じだったんですよ。

若林 時代ですね。羽田くんはどう？　強迫観念。

羽田 自分、**なんでこんなに強迫観念にとりつかれたようにギャラの釣り上げ交渉してんだろう？**　と。

Q. 女性アナウンサーの中で誰が一番好きですか？

藤沢 これも僕の質問。若林さんに伺いたいなと思って。

若林 ハッハッハッハッ！　どうしてですか？

藤沢 いや、**僕が女子アナ好きだから。**いいじゃない、なんだか知的な感じでさ。

合コンとかやるの？ 楽しいの？

若林　急に飲み屋の会話になってる（笑）。夢を壊すようですけど、**僕レベルの芸人は視野に入れてないですよ、女子アナは。**

女子アナは中堅芸人に興味ナシ

羽田　若林さんでもダメなんですか。

若林　全然ダメ。僕も女子アナで好きな人がいて、テレビ出たてのとき、あちこちで彼女のことをタイプだと発言してたんですね。でも、何年もこの業界で仕事をしていると、だんだんいろんなことがわかってくる。やっぱり、女子アナって、**女性がなる職業の中でトップ**なんです。まず、家柄がめちゃくちゃいい。そして、**固定給**なんですよ。だから女性タレントや女優みたいに、仕事がなくなるということにビクビクする必要がなくて、かつチヤホヤもされる。となると、若林ごときとは付き合わない。ライブを観に来てくれるのは**ミトちゃん**くらいですよ。

若林、水卜麻美アナの魅力を語る

若林 女性アイドルとか、女性タレントが汚れ役を担うんです。がめつさを出したりね。だけど、女子アナは進行役だから、それをやらなくていい。**しかも固定給**（二度目）。彼女たちは恵まれてるんです。だから**最近は菊地亜美とかのほうを応援しちゃう**。いや、女子アナでも、いい人は本当にいい人なんですよ（笑）。そのなかでも、僕はミトちゃんがいちばん好きです。飾らないし、**人を上下で見ない**。

藤沢 **人間的に優れてるんですよ、ミトちゃんって**。

若林 そうなんですよ。自然体だし。どこの局のアナウンサーがいちばん好きですか？

藤沢 難しいねえ。いや迷うところだけどさあ……でも、今の若林さんの話聞いてさあ。うん、**羽田くん、女子アナやめたほうがいいね。違うほうにいこう**。

若林 そういう話⁉

Q. 林真理子（はやしまりこ）さんが羽田くんの結婚相手として紹介したい女性がいる。

若林 質問じゃないですね、これ。

藤沢 僕、本当はすぐ羽田くんに連絡しなきゃいけなかったんだけど。

羽田 ええ？（動揺）林さんとそんなにお会いされているんですか？

藤沢 僕、林真理子さんと、同じエッセイ賞の選考委員をしてるの。で、林さんが「あれ、藤沢くんって羽田くんと仲いいわよね？」って聞いてきて「はい、よく会ったりします」って答えたら、**「羽田くんにピッタリの子がいるのよ」**って。「今度ちゃんと紹介するから、羽田くんに連絡して」って言われてたんだった。

若林 へえ。まだ会ってないんですか？

藤沢 まだ。だけど、僕は彼女の写真も見てますし、どういう方かもわかってる。

若林 羽田くんと同世代くらいの方なんですか？

藤沢 ちょっと上かもしれない。

羽田 林さんが勧めてくるってだけで、なんか、**すごく金遣いの荒い女性**なのかな。

藤沢 いやいや、素晴らしい人です。

若林 羽田くん会ってみたら？ その方と。どう？

羽田 でも……林さんの『野心のすすめ』を拝読したんですけど、「自宅で、自炊してパスタとかを食ってＤＶＤ観てる男はダメだ」というようなことが書いてあって。僕、まさにそんな生活してるんでダメなんじゃねえかなあ。

羽田、自信ナシ

若林 そっか、林さんが仲いい人だもんね。

羽田 それよりも、**林さんに認知されてるってことでちょっとビビっちゃう。**

羽田の交友関係とは？

若林 羽田くん、よくテレビに出てるけど……芸能人で仲良くなった人いる？ 飲みに行ったりとか。

羽田 飲みに行ったのは、若林さん。共通の作家の方がいて。あとは、**Kダブシャインさん**です。

若林 ベテランラッパーと（笑）。どういう繋がりで？

羽田 クイズ番組でご一緒させていただいたときに、Kダブさんのキングギドラの CD聴いてましたって言ったら、「友達になろう」って連絡先を交換して。

若林 俺とKダブシャインってすごいね。

羽田 若林さんとKダブシャインさんだけですね。

若林 俺が言うのもなんだけど、**もっといい人と飲みに行ってほしいよね。**

これだけはする、これだけはしないと自分に課している〝ルール〟。
そこに秘められたそれぞれの人生哲学とは？

「世間から求められる真実や真意を、矮小化する言葉で安易に言わない」羽田圭介

羽田　テレビ的なものとかマスメディア的なものは、大多数に一瞬で理解されるように、ある程度、**情報や伝えたいことの矮小化が行われる**と思うんですよ。でも**小説はそれとは真逆の表現**だと思うので、小説家はそういったことを表現しないといけないと思うんですよね。たとえば僕がテレビに出るとする。事前の打ち合わせで、僕が何か面倒くさいことを話すと、スタッフさんは「つまり、それってこういうことですよね」とまとめようとする。**いやいや、そんな**

こと言ってねぇんだこっちは！ だから、変にまとめられたことを話すのなら、黙っていたほうがいいと思ってしまう。

若林、ゆとり世代への心苦しさを吐露

若林 その考え、すごくよくわかる。テレビでコメントするのって難しいよね。僕がいつも心苦しいのは、「ゆとり世代」についてコメントを求められたとき。まず、**その番組をつくったやつがゆとり世代を理解していない**。僕らが批評しようにも、そもそも教育システムだから、ゆとり世代の人たちは受けるしかなかったわけで。VTRのなかにも、「ゆとり世代は入社三年以内に会社を辞める」なんて出てくるけど、実際、僕らの世代のほうが（辞める人間は）多かった。台本の時点で**ゆとり世代をディスるっていうレールが敷かれている**。俺がMCだと、そこに誘導しなくちゃいけない。番組の意向と、自分が若い子たちに抱いている思いが真逆のときがあるんですよ。そのときは本当に迷いますね。きちんと番組の意向に沿うように誘導しないと、スタッフに「若林、わかってねえなあ」と思われちゃう。これがテレビの難しいところ。

真実を語るふたつの職業とは？

羽田 番組を拝見してるとたまに、**若林さん超辛そう**だなあって思います。ＶＴＲを観る番組とか、基本、**若林さんなにも感じてないだろうなあ**って。

若林 なんだろうなあ（笑）。テレビは、短時間でわかりやすく演出しなきゃいけないから、善か悪か、白か黒か、はっきりさせる必要がある。**いろんな意見があると、なかなか盛り上がらない**んだよね。だから、自分の考えとは逆のことを求められているときは、**まあ金もらってるからやんなきゃな**と思ってる。俺は、**真実を語っているのは、小説家とラッパーだけ**だと思ってるの。

マイルール

「現役で小説を書き続ける。それが

「できない小説家を名乗らない」羽田圭介

羽田 小説を書いてないのに小説家を名乗るのはどうかなと思う。でも僕のような純文学作家だと、本がそんなに売れるわけでもないんですよ。がむしゃらに書いてもそれを本にしてもらえるかはわからないですよね。だから、方法として「**あんまり書きたくないが、売れそうな小説を書いて原稿料を稼ぐ**」というのがあれば、一方では「**他の職業をやりながら書きたいものだけ書く**」という選択肢もあるんですよね。僕は書きたくないものを書くんだったら、全然違う仕事で稼ぎながら書きたい小説だけ書くほうがいいのかなって思ってます。

小説家として嫉妬したことは？

藤沢 ありましたよ。まだ芥川賞を獲ってなかったころ、同世代の人が芥川賞を受賞したという新聞記事を読んだとき、**めちゃくちゃにしましたもんね。**なんでこいつが！　って。

若林 めちゃくちゃに言うんですか？

藤沢 いやもう、**新聞を破りまくった。**チクショー！　って。

若林 藤沢先生に、そういう時期があったんですかあ。

藤沢 あった。**わあ、俺ってそんな人間なんだ**って、考えちゃったね。だけど賞をいただいたりして、しばらく書いてきて……もう五十七ですから、自分の本分と言うと大げさですが、見えてくる。俺がどんなに頑張ってもたかが知れてると。だから、自分の本分を尽くしていくしかないなって。

若林 羽田くんはどう？　嫉妬ある？

羽田 ああ、嫉妬ありますね。**なんでアイツの本が売れてんだ！**

マイルール

「書くとは、世界と刺し違えること」藤沢周

藤沢 書く、文章を書くことね。これ、マジで（ルールを）書いちゃった。

若林 ぜひ、お聞きしたい。

藤沢教授の深いお話

藤沢 究極的に「なぜ書いているのか」というと、世界の真実というか本質、**実相**（じっそう）**を書きたい**わけですよ。

＊【実相】……1. 実際のありさま　2. 真実の本性

藤沢 でもそれは言葉以前の世界ですから、**言葉以前のものを言葉で書くという矛盾**を引き受けますよね。ずっと詰めていって、なるべく自分のイメージに近い言葉を探して、**一旦言葉にしたときには、その世界の真実に敗北している**わけです。「言葉」というクッションが入ってるから。だからせめて、書くということは、世界と刺し違えることなんじゃないかなと思いながらいつも書いています。僕、以前ね、ものを書くということがよくわからなくなってきて、瀬戸内寂聴（せとうちじゃくちょう）先生とお話しする機会があったときに、恥ずかしい話だけど「寂聴先生はどうして小説を書くんですか？」って聞いちゃったんですよ。そしたら寂聴先生があなたも作家でしょってニコニコしながら「**そりゃ本物を知りたいからよ**」っておっしゃったんですよ。この一言で迷いが晴れましたね。

若林 じゃあ今は、どういう目的で小説を書いていらっしゃるんですか？

藤沢 要は、**面白いから**なんですよね。

羽田 そうですよね。効率よく稼ぐなら、講演会をやったほうがいい。原稿用紙二百枚書いた原稿料が、講演だとたかだか一時間喋るだけで稼げちゃうんだから。僕は講演会もやりつつ、なんですけど……**よっぽど楽しいのは、やっぱり小**

説を書いているときなんですよね。もちろん小説家が小説を書いていないと下品というのもあるんですけど、**書くという行為自体が単純に快楽をもたらしている。**作品によって世間に認められたいとかじゃないんです。書いているだけでなにかに近づいてる感。それが純粋に満足感をもたらしている。

今回の「ご本、出しときますね？」

世界の実相を掴みたい人にオススメの一冊

若林 藤沢先生。世界の実相を、掴ませてくれる小説ってありますか？

羽田 難しい。

藤沢 ふと思いついたのは、現代日本文学の最高峰の、**古井由吉**(ふるいよしきち)**先生**の一連の小説ですね。

若林 よくお名前を聞きます。

藤沢 あの方の文章は、**翻訳不可能なくらいにすごい**んですよ。

若林 強いて一冊挙げるとしたら?

藤沢 そうですね、全部素晴らしいけど『**辻**(つじ)』という短編集があります。古井先生は、ずっと連作短編をやっていらっしゃるんですけどね。あの方の世界は、多分日本語でなければ表現されない。僕らが認識したり感じたりするのは言語体系のなかにおいてですが、古井先生の作品は、**言語体系からちょっと外に出ている。**だからそこにあるものは美であったり死であったり、僕らが言葉にできないものなんですけど……先生は、その世界から戻ってきて言葉にしている。**世界と世界以前のギリギリの境界を書いている。**あの作品は、やっぱりすごいなと思いますね。

若林 というわけで、本日のオススメは『**辻**』。

『辻』
古井由吉
新潮社(新潮文庫)

ご愛読ありがとうございます。

読者カード

●ご購入作品名

［　　　　　　　　　　　　　　　　　　　　　　　　］

●この本をどこでお知りになりましたか？

1. 書店（書店名　　　　　　　　　　）　2. 新聞広告

3. ネット広告　4. その他（　　　　　　　　　）

年齢　　歳　　性別　男・女

ご職業　1.学生（大・高・中・小・その他）　2.会社員　3.公務員

4.教員　5.会社経営　6.自営業　7.主婦　8.その他（　　）

●ご意見、ご感想などありましたら、是非お聞かせください。

●ご感想を広告等、書籍のPRに使わせていただいてもよろしいですか？

（実名で可・匿名で可・不可）

●このハガキに記載していただいたあなたの個人情報（住所・氏名・電話番号・メールアドレスなど）宛に、今後ポプラ社がご案内やアンケートのお願いをお送りさせていただいてよろしいでしょうか。なお、ご記入がない場合は「いいえ」と判断させていただきます。

（はい・いいえ）

本ハガキで取得させていただきますお客様の個人情報は、以下のガイドラインに基づいて、厳重に取り扱います。

1. お客様より収集させていただいた個人情報は、よりよい出版物、製品、サービスをつくるために編集の参考にさせていただきます。
2. お客様より収集させていただいた個人情報は、厳重に管理いたします。
3. お客様より収集させていただいた個人情報は、お客様の承諾を得た範囲を超えて使用いたしません。
4. お客様より収集させていただいた個人情報は、お客様の許可なく当社、当社関連会社以外の第三者に開示することはありません。
5. お客様から収集させていただいた情報を統計化した情報（購読者の平均年齢など）を第三者に開示することがあります。
6. はがきは、集計後速やかに断裁し、6か月を超えて保有することはありません。

●ご協力ありがとうございました。

郵便はがき

おそれいりますが切手をおはりください。

1 6 0 - 8 5 6 5

〈受取人〉

東京都新宿区大京町22—1

株式会社 **ポプラ社**

一般書編集局 行

お名前 (フリガナ)

ご住所 〒 TEL

e-mail

ご記入日 年 月 日

第八回

海猫沢めろん × 白岩玄

悩める二十代の道を照らす
オススメの一冊

ご本、出しときますね?

海猫沢めろん

（うみねこざわ・めろん）

1975年生まれ、大阪府出身。高校卒業後、ホストやデザイナーなど、様々な職業を経て文筆業につく。2004年『左巻キ式ラストリゾート』でデビュー。他の著作に『零式』『愛についての感じ』『ニコニコ時給800円』、共著に『死にたくないんですけど iPS細胞は死を克服できるのか』など多数。

白岩玄

（しらいわ・げん）

1983年生まれ、京都府出身。2004年『野ブタ。をプロデュース』で第41回文藝賞を受賞し、デビュー。同作はテレビドラマ化され、70万部のベストセラーになった。他の著作に『空に唄う』『愛について』『未婚30』『ヒーロー!』など多数。

若林　海猫沢さんは、朝井リョウさんと西加奈子さんからのご紹介。「面白い作家さんいますか？」って聞いたら、一発目で名前が挙がってきて。**ベランダで西さんにファイヤーダンスを延々見せた**というお話を伺って、かなりエッジの利いた人だなあと思って。

ややはた迷惑な特技・ファイヤーダンス

海猫沢　懐かしいですね。なんであんなことしたのか思い出せないですけど、**楽しませたかったた**んでしょうね。「ポイ」っていう、マオリ族が使うものなんですけど。チェーンの先に重りがついていて、そこに灯油をしみこませて**ボッて燃やすんですよ。それをハンマーみたいに両手に持って振り回す。**

若林　それ、火災報知器鳴っちゃわないんですか？

海猫沢　僕シェアハウスなんです。ベランダは外なんで、火災報知器がないから大丈夫です。

若林　シェアハウス⁉　余計にたまったもんじゃないですよね、同居人は。

海猫沢　**燃えちゃったら、ちょっとごめん、みたいな。**

若林　「ちょっとごめん」じゃ済まないですよ！

加藤千恵とのファースト・コンタクト

若林　白岩さんは、カトチエさんからのご紹介。仲が良いんですか？

白岩　作家さんのなかでは結構仲は良いほうですね。ただ、**最初の印象があんまりよくなくて。**あるパーティーでお会いしたんですけど、そのときに僕が犬を飼っていると話したら、すぐに「**家に行っていい？**」と聞かれて。初対面の女の人を家に呼ぶのはさすがに気が引けて、どうやって断ろう……と悩んだ挙句、犬が他人になつかないことにして。「犬がすぐ吠えるんで、申し訳ないです」みたいな嘘をついて断った記憶があります。

若林　カトチエさんもすごいですね。

白岩　**ちょっとオカしい。**

若林　白岩さんは小説家になる前は何を……？

小説家になるきっかけ

白岩 何にもしてないですね。そもそも小説もそんなに読んできたわけじゃない。もともと、卒業文集とかにしょうもない文章書くのが好きなタイプだったんですけど、小説には興味なくて。綿矢(わたや)りささんと金原(かねはら)ひとみさんが芥川賞獲られたときに**「俺もイケんじゃね?」**みたいなことを思って小説書いて出したらデビューできた。

海猫沢 それが『野ブタ。をプロデュース』だったんですね。

若林 めろんさんは、小説家になる前はどんなことをしてたんですか。

海猫沢 『魁(さきがけ)!!男塾』ってわかります? あんな学校に行ってて。ダウンタウンの浜田さんと同じ学校なんですよ。

若林 ああ~! あのめちゃくちゃヤバイ、全寮制の。

海猫沢 あの学校の映像を流そうとしたら、全部モザイクになりますからね。本当にヤバイ。**素手で便器を磨く**んですよ。**わっしょいわっしょいって言いながら。**しかも、ケチャダンスみたいに輪唱で。卒業後は専門学校に行ってサラリーマンやって、放送作家やって、ゲームつくって、やっと小説家です。

若林 放送作家のときは、どういう番組を？

海猫沢 関西の Kiss FM KOBE という放送局で、ミニドラマを書いてました。上京したのが二十二〜三歳ぐらいかな。

海猫沢 僕の質問ですね。おふたりに聞きたいです。

白岩 いやいや、**めろんさんに聞きたい**ですよ。

Q. 人生でいちばん落ちてた時期はいつですか？ それをどうやって乗り越えましたか？

海猫沢 僕は落ちましたよ。デビューしたはいいけど……白岩さんの本、すっごく売れたじゃないですか。僕、全然売れなかったんですよ。そういう時期あります？

若林 ありますあります。

海猫沢 僕、**調子に乗って株とかやっちゃって**。思ったより（印税が）少ないな、じゃあ増やそうと思って株に手を出したら、全財産なくなって。

海猫沢、デビュー直後に破産

海猫沢 で、お金がなくなって、家賃が払えなくなって「来月ここから出ていかなきゃいけないけどなんにもできない」状態になって、**駐車場でファイヤーダンスしてたんですよ。**

踊るしかなかった、そこに意外な人物が

若林 まだまだ余裕あるじゃないですか！（笑）

海猫沢 踊ってたら、遠くのほうで誰かがこちらを見ていて。それが、佐藤友哉くん。「なにやってるんですか」って聞かれて。

若林 すごい、**やばいやつ同士の出会い。**

海猫沢 ちょうど彼、島本さんと同棲しはじめてたんですよ。**「家空いてるから住んでいいですよ」って言われて、彼の家にいた**んですよ。彼が使ってない家にね。

若林 えー……。

海猫沢 でも、ずっとは居られないから三〜四か月で出ていって、**一畳五千円で友達の**

家を借りてて。

若林 友達の家を一畳だけ……？ それは何畳かある家の……？

海猫沢 一軒家です。

若林 **「ここから出るなよ」**みたいな（笑）。

海猫沢 だから、**ずっとホームレスだったんです。**家がないまま転々と。でも、**一番落ちていたのは、サラリーマン時代**なんですよ。安定していたときなんです。芸人になってなくて、売れてないと、焦りませんか？ そういう**焦りのほうがキツくないですか？** 僕、サラリーマンのときはずっとその状態で、うつ病になったんです。

若林 安定していたときのほうがキツい……**人それぞれですねえ。**白岩さんは？

白岩 **このエピソードのあとに僕が言うの⁉** こんな大きいのぶちこまれて……。

若林 それぞれですから、人生は。

海猫沢 僕が知る限り、すごく売れた人って、その後ものすごいことになってる。

白岩 二十一歳のときに『野ブタ。』のドラマ化が決まって、**結構なお金が入ってきたんですよ。**で、感覚が麻痺しちゃって。この間までうまい棒とか一緒に買ってた友達に、どうでもいいことでキレられて離れていかれたりとか、**お金のことで人間関係が変わりすぎちゃって。**僕もうつになっちゃって。二十二、三歳から二十六、七歳くらいまで**ずーっと落ちてましたね。**

若林、暗黒の二十代

若林 俺も**二十代は思い出したくない。**ウケないですし、同期や後輩がテレビでネタやるようになって、コンプレックスでもう、わけわかんなくなってきて。漫才も、春日とアメフトの防具を着て、**ただぶつかってるだけ。**当時、恵比寿の劇場で漫才してたんですけど、漫才の終盤、客席に降りてバーって劇場の外に出て、春日に**路上でタックルされてオチがあって終わり。**

海猫沢 それ、今聞いたら面白いですけど、劇場のなかにいるお客さん、何にも見てないわけですよね。

若林 **アメフトの格好したやつが劇場の外に出ていくだけ**ですからね。で、それが自分では**アウトローぶってる**んですよね、そのときは。路上で「ありがとうございました」って言うことがかっこいいと思っちゃってるし。

海猫沢 変わったきっかけは？

若林 うーん。**ひとりだけ褒めてくれた先輩がいたから**ですね。その人が「お前の方向はそれでいいんだよ」と。その人は「**芸が雨、時代が車**」って言うんですよ。雨はずーっと降ってるんだけど、車は雨が落ちてくる、その下に走ってくる。だけど、車のなかにいる人は「雨が降ってきた」って言う。「**みんなは〝こういう芸人が出てきた〟**って言うんだけど、**ずっと降っていれば、いつか時代が走ってくるから、時代に合わせて何かをするんじゃなくて、ずっと降ってろ**」みたいなことを言われた。それで、じゃあずっと降ってようと思ったんですよ。そのタイミングがたまたま来たのが、M－1。**それを言った先輩がいまだに売れてない**。未だに降り続けてるっていうね（笑）。じゅんごさんっていう浅井企画のピン芸人で、俺はすっごく面白いと思ってるんですけど。

若林 白岩さんの質問ですね。これは、（好きな）女性の前でということ？

白岩 そうです。一概にくくるのもアレです

Q. 好きな人の前ではどうなりますか？

が、男性って、好きな人の前とそうじゃない人の前って全然態度違うじゃないですか。そこに本性が出るなと常々思うんですが、僕らは男性の変化を見られないじゃないですか、自分が観察者（女性）じゃないから。だから、そういう話を聞くのが好きなんですよ。

若林 白岩さんご自身は、タイプの女性の前でどうなりますか？

白岩 僕は、**湧き出てくる下心を徹底的に打ちのめすタイプ**ですね。自分のなかで殺して、何にも感じてないような。

海猫沢 下心っていうのは、付き合いたいとか？

白岩 付き合いたいとかもそうだし、単にヤりたいとかも含めて、何にもないように振る舞う。

若林 男って、オスを見せたいのかな？　僕、アメフトの番組をやってるんですけど、ある放送回で、ゲストに女優さんが来ることになったんですよ。そしたら、突然スタッフがピリピリしだして。普段全員が適当にやってる番組なのに**「オイお前アレ用意したのか!?」**とか**「アレは大丈夫なんだろうな!?」**とか、その女優さんの前でだけ、カッコつけ始めるんですよ。仕事ができるように見せたりね。そういうときに本性というか……**自分がどう見られたいか**が出るかもしれませんね。

白岩 まあ、**せいぜい中二、中三レベルの内容**が出るんですけどね。

好きな人がいると、考えてしまうこと

若林 めろんさん、どうですか？

海猫沢 僕、あんまり好きにならないんですけど。十代のときにすごく好きになった子を思い出した。僕、**好きになると陰になる**んですよ。明るくなります？　好きな人がいると。

白岩 僕はフラットになろうとするんで。

海猫沢 考えすぎちゃって暗くなるタイプと、ハッピーになるタイプがいると思うんです。

若林 わかります。超暗くなりますよね。

海猫沢 そっちなんです。すごく思いつめる。で、もう、そのときは、その子を**どうやって殺そう**ってずっと考えてた。

若林　えっ、好きなんですよね？

海猫沢　付き合えそうな関係に発展して……ふたりで歩くとする。すると、歩道橋で突き落としたくなる衝動に駆られる。昔はその衝動の意味がわかんなかったけど、今はわかる。つまり、自分がイメージする彼女のほうが良いんですよ。たとえば僕が白岩くんを好きだったとしても、僕は本当の白岩くんを見てないんですよ。僕は、僕がつくりだした白岩くんを見ていて、しかもそっちのほうが良い。本当の白岩くんと付き合ってたら**どんどんウンコしたりするでしょ？**

若林　どんどんウンコしたり!?　白岩くんも、ウンコの量はみんなと同じくらいだよね。

海猫沢　ムカついてくるんですよ！　おい、すんなよ！　みたいな。

若林　イメージが崩れちゃうから。

海猫沢　そう。だから、もうこいつを殺したら、こっちがオリジナルになるから。

若林　それ**ジョン・レノンを殺した人と同じ考え方ですよ。**

海猫沢　ヤバイ。そうだ。

白岩　アイドルファンみたい。

海猫沢 そうそう。アイドルにスキャンダルあったら**アアーッてなって、CD壊す人**です、僕。脅迫状送ってみたり。

若林 へえー。そうか、自分のなかで美化されて大きくなっちゃう。

海猫沢 だから絶対うまくいかない。

マイルール

これだけはする、これだけはしないと自分に課している〝ルール〟。
そこに秘められたそれぞれの人生哲学とは？

「携帯の電話帳は名前ではなくすべて絵文字で登録する」白岩玄

海猫沢 どういうこと？

白岩 高校から携帯を持ちだしたんですけど、電話帳って、名前で登録するでしょ？それをいつからか絵文字で登録するようになって。絵文字っていっぱいある。それを、その人のイメージに合うものを見繕って当てはめて。だから**僕の電話帳は、全部絵文字**です。

若林 忘れませんか？

白岩 初期からそうしてるし、全然忘れない。

海猫沢 たとえばカトチエはどんな絵文字？

白岩 カトチエは炎が燃えてる絵文字。

若林 アツイ。いきなり「家に行っていい？」って聞くから。ってそれ、もうカトチエさんを嫌がってるじゃないですか（笑）。

白岩 西加奈子さんはパンチしてる拳の絵文字。

若林 なんかわかるな、それ。

白岩 **羽田圭介くんは、お金の絵文字。**

若林 だいたい**ディスってませんか？**

白岩　自分がいちばんイメージしやすいものを選ぶから（笑）。

若林　僕を絵文字にすると、何になります？

白岩　アメリカの大学で卒業式にかぶる学帽ありますよね？　ああいう感じです。

若林　あの投げるやつ。

白岩　聡明で、頭の回転が速い。**敵に回すと面倒くさそう。**

若林　超当たってますね。

マイルール

「携帯電話はキッズケータイを使用する」海猫沢めろん

若林　えぇーっ!?

海猫沢　僕、もともとスマホ（スマートフォン）を持ってたんですが、**スマホとの相性がよすぎて……**もしスマホ持ってたらこう（スマホをいじる仕草）やっちゃいますからね、収録中に。**スマホ中毒**だったんです。起きたらまずスマホを見てた。

若林　パソコンは？　ネットサーフィンはしないんですか。

海猫沢　ネットが繋がってるパソコンはヤバイ。だから僕、**仕事場はWi-Fiを引かないようにしてます。**

白岩　ネットを引かない作家さんは多いです。

若林　字とか、わからないことを調べないんですか？

白岩　スマホで調べる。**パソコンにネットを繋げちゃうと、確実に逃げる**んですよ。

マイルール

「海の砂浜でジャンプして写真を撮る女とは距離を置く」白岩玄

白岩 まずそのノリの意味がわからない。「**砂浜でジャンプしよ、あっ浮いてるみたーい☆**」

海猫沢 意地悪だな～（笑）。

白岩 **ハア？** って思うんです。**幸せな瞬間を盛ってでもつくりたいという思考**が透けて見える。行く先々ですべて、ご飯が出てきたらそれを撮る。しかもすべて**ちょっと盛って撮る**。それがずっと繰り返されると思うと、**本当に勘弁し**

てほしい。だから旅行の写真を見せられて、そういう写真が一枚でもあったら、**「おっと……」**って感じで引く。

デコる女性は要注意説

若林　相方が、携帯をデコる女性に気をつけてるんです。**「そういうやつは、何もかもデコってくるから」**って。食事するにしてもデートするにしてもね。あいつはケチだから、派手な人は絶対にイヤなんですって。海猫沢さんは苦手なタイプの女性はいます？

人見知りは、経験値の問題？

海猫沢　いないなあ。僕、わかるんですよ。若林さんのエッセイ（『社会人大学人見知り学部卒業見込』）を読んだんですけど。

若林　ありがとうございます。嬉しいです。

海猫沢　**人見知りって経験値の問題で、たくさん人と会っていると治っちゃうんですよ。**昔は、**みんな死ね！**と思ってましたから。

若林　ひどいな！

海猫沢　だから、最近は苦手な人がいないんですよね。誰が来ても結構受け止めますよ。

若林　めろんさんは、何歳くらいのときに人見知りを克服されました？

海猫沢　作家になったころじゃないかな。結局、**自分に自信がないから卑屈になる**んですよ。

若林　そうですよね。僕もデビュー後だから。自信の問題なんだ。いい加減なもんですよね、人見知りも。

白岩　**人と喋っていても、閉じてる状態**になりませんか？

若林　表面上は喋ってるけど、ってこと？

白岩　はい。飲み会で楽しく喋っても、家に帰ってひとりになると「あれ？　なんか虚しい」と感じることがあって。まだ人見知りを脱してないなあと思う。

若林　ああ、あります。めちゃくちゃありますよ。最初から決めてるときすらありますからね、「**今日の打ち上げでは、絶対に心開かないまま帰ろう**」とかね。

今回の「ご本、出しときますね？」

悩める二十代の道を照らすオススメの一冊

若林　二十代の人に響くような小説はありますか？　自分の道を、どう行けばいいか迷っている人に。

海猫沢　若い人。なるほど。**桜庭一樹**（さくらばかずき）**さんの『砂糖菓子の弾丸は撃ちぬけない』**。僕は引越しが多くて、自分に必要な荷物しか手元に置かないんですけど、この本はなぜか残る。思春期、地方都市にいたころの「**うわああ、どうしようもない！」っていう閉塞感**を常に思い出させられる。だからこれを読んで楽になるかはわからないけど、読んでほしいですね。そういう閉塞感を感じたことがない十代とかにも。意外と共感したり、救われたりするかもしれない。

若林　というわけで、本日のオススメは『**砂糖菓子の弾丸は撃ちぬけない**』。

『砂糖菓子の弾丸は撃ちぬけない
A Lollypop or A Bullet』
桜庭一樹
KADOKAWA（角川文庫）

第九回

中村航 × 中村文則

自意識をなんとかしたい人に
オススメの一冊

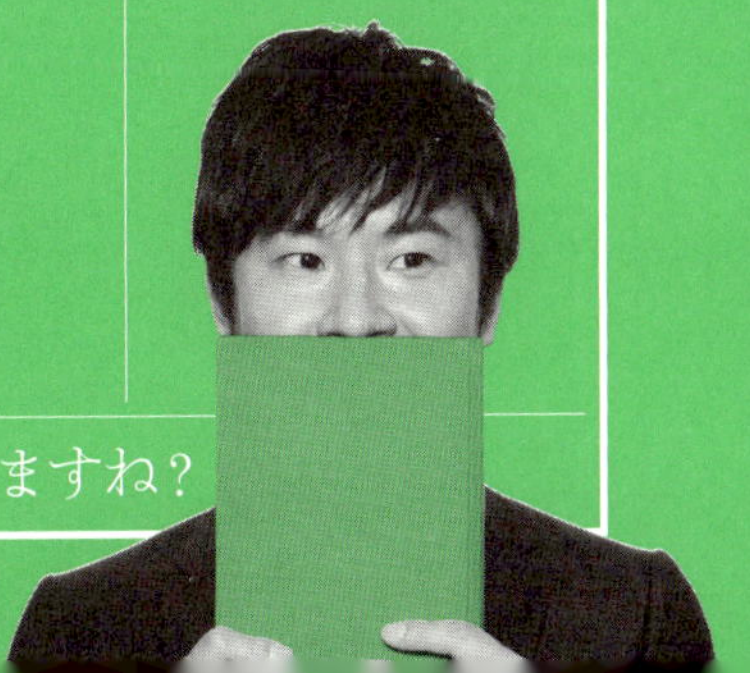

ご本、出しときますね？

中村航
（なかむら・こう）

1969年、岐阜県生まれ。2002年『リレキショ』（河出書房新社刊）で第39回文藝賞を受賞し、デビュー。2004年『ぐるぐるまわるすべり台』で第26回野間文芸新人賞を受賞。他の著作に『デビクロくんの恋と魔法』『100回泣くこと』『僕の好きな人が、よく眠れますように』『あのとき始まったことのすべて』『星に願いを、月に祈りを』『小森谷くんが決めたこと』など多数。

中村文則
（なかむら・ふみのり）

1977年、愛知県生まれ。2002年『銃』で第34回新潮新人賞を受賞し、デビュー。2004年『遮光』で第26回野間文芸新人賞、2005年『土の中の子供』で第133回芥川龍之介賞、2010年『掏摸 スリ』で第4回大江健三郎賞、2014年ノワール小説に貢献した作家に贈られる米文学賞デイビッド・グディス賞、2016年『私の消滅』で第26回ドゥマゴ文学賞を受賞。他の著作に『何もかも憂鬱な夜に』『王国』『去年の冬、きみと別れ』『教団X』など多数。

若林　いよいよ**ダブル中村ですね。ダブル村上に取って代わる。**

航　昔、ポーズを考えたんですよ。ダブル中村。ふたりでこう、向かい合って……。

若林　小説家がそんなことやらないでしょ（笑）。

文則　航さんから言われても**やりたくないです。**

若林　それぞれとはお食事に行ったり飲みに行ったりしたことありますね。文則さんとはじめて飲んだのは銀座でしたっけ？

文則　そうですね。西加奈子さんと三人で。

若林　僕が『教団X』を読んだ直後だった。**非常に衝撃を受けた。**

文則　いや、なんかすみません。

若林　世界全体のことから個人の心のなかのことまで、スケールのでかい物語で。その文則さんが**財布を失くしたって大騒ぎしていて。**

航　世界の中村文則が。

中村文則、身動きとれず

若林　『教団X』の作者が財布失くすんだ！　っていう新たな衝撃。**しかもルノアー**

ルで。財布失くしたから、ルノアールから出られなくなるという。

文則 あれは恥ずかしかったなあ。

若林 だから、やたら恐縮した文則さんと、はじめましてでしたね。

文則 お金がないですからね。

若林 あの飲み会、西さんがガンガン言ってましたもんね。

文則 **お金借りたんで……。**

若林 そういうスタートだったんです。そして……航さんはお酒を飲むとヤバいですね。他にいませんよ、**こんなにいじられる小説家。**正直、俺もナメてますもん。

唯一若林にナメられる小説家、中村航

文則 まじですか？　俺、ちょっと気を遣う。

若林 まだ気を遣います？

文則 結構、遣いますね。

航 みんな、容赦なく突っ込んでくるからね。

若林 航さんは突っ込まれすぎですよ。

航 そうか、怒ったほうがいいのか。

若林 だって、飲み会をすると、二時間くらい経ったら、西さんやカトチエに説教されてますもんね。

文則 ああ、見たことある。説教タイム。

若林 航さんて、**結構失礼な男**だそうですね。どっかの、レジェンドの作家さんにも変なヤジとか飛ばすんでしょ？

とある授賞式で気軽にヤジを飛ばした経験アリ

文則 ヤジですか⁉

航 なんかね、思ったこと、ちょっと頭によぎったことを、**そのまま口にしちゃうんです。**

若林 **そんな大人ダメなんですよ！**

航 すみません。

若林 すみませんじゃないですよ！　もう、精神年齢が小学生なんですよ。

航　それもよく言われます。

若林　小学五年生くらいなんですよ。

航　そうですね。

文則　全部認めてますね、さっきから。

航　五年生くらいか。**でも俺は四年生だと思ってたから、一学年上がった！**

若林　喜ばれちゃったよ。

文則　これ、僕の質問です。

若林　これはあの、僕への質問？

文則　そうです。プロのツッコミとして教えてもらいたい。

若林　いやこれって……なぜまた？

文則　あるとき、近所のコンビニのおばちゃんにおつりを三百円渡されて「はい、三百万円」って言われたんですよ。

若林　未だにありますね。

Q. つまらないボケを連続でされたとき、どうしますか？

一度の過ちが悲劇を生む

文則　僕、そのときたまたま上機嫌だったんですよ。一年で二、三日くらい上機嫌な日があって、たまたまそこに当たった。で、**つい「高いっすね」って言っちゃったんですよ**。そしたらすげえ嬉しそうな顔で見られて……そっからですよ、毎回「五百万円です」とか、タバコ買ったらどら焼き持ってきたりとか、いろんなことしてきて。

若林　最悪っすね。最寄りのコンビニだったら。

文則　こちらが五百円渡したら、「五百円じゃない、五百万円よ」って真顔で言われたときとかも、辛いじゃないですか。辛いけれども「**いやあの、これプラチナでできてるんで……**」とか言ったりしなきゃいけない。いちいちいちいち。

若林　なるほどね。ちょっと乗っかってあげてね。サービスして。

文則　それが辛くてしょうがない。

若林　たまたま機嫌いい日じゃないんですもんね。

文則　ボケを黙らせるツッコミとは何かをプロのツッコミの人に聞きたいなと思って。

奥義「ご機嫌ですね〜」

若林 それは僕の仕事とはキッさが全然違いますね。文則さんは、長期スパンじゃないですか。地獄ですわ。番組の収録は二〜三時間だから、大御所の人とかのダジャレとかつまんないボケって、なんだかんだ助かるんですよ。そういうときに僕がよく使うのが「**ご機嫌ですね〜**」。

文則 つまり「ご機嫌ですね〜」と言うことで、**相手に羞恥心を思わせる**ということ?

若林 ボケたんじゃなくて、機嫌がいい人に仕立てるんです。

文則 「五百万円です」って言われたら「ご機嫌ですね〜」って返せばいいんですね?

若林 そう。「ご機嫌ですね〜」って言ったらちょっと距離を取って、スッといなくなる。

文則 「**仲間じゃないぞ**」って?

若林 俺、結構あちこち使ってるんで(笑)ここで仲間じゃないぞって言っちゃうと……（汗）とりあえず、向こうを「なにかの人」にします。「機嫌がいいですね」とか「今日は調子いいですね」とか……あとは**「ロケットスタートじゃないですか！」**とか。ロケットスタートって言うことで、**もうちょっとブレーキ踏んでもらえる？** というメッセージを送る。

文則 **すげえうまい**。流石だ。

若林 いやいや、（芸人は）みんなやってます（笑）。でもそのおばちゃんとの攻防は、当分続きそうですね。

文則 **店を変えると負け**なんで。そこは変えないでいきたい。

若林 ちょっと「ご機嫌ですね～」を使ってみてください。

文則 参考にします。

若林 もっと来る場合もあるから気をつけてくださいね（笑）。

Q. どれくらいスキンシップしていいんですか？

航 僕の質問ですね。

文則 どういうことですか？

若林 なんなんすか、スキンシップって。

航 **どれくらい若ちゃんにスキンシップしていいのかなって。**

中村航、若ちゃんに触れたい

若林 **気持ち悪い。ストレートに気持ち悪いですよ。**

文則 意味わかんない。

若林 いやちょっと待ってください、「女性にスキンシップしていいのか?」という質問じゃなくて? そもそも女の人にスキンシップします? 女の人が男を触る、というパターンが多くないですか?

航 (何度も頷きつつ)そうですねぇ〜。そうですねぇ〜。

若林 いや、**急に内股で座られても。**ちょっとオネエが出ちゃってますよ。オネエ抑えましょうよ。

航 (内股を直しつつ)気をつけます。

若林 ビックリしたわ……航さん、男同士で叩いたりします?

文則 触りたいんですか? 人に。

航　**ちょっと触って、距離を詰めたい。**若ちゃんって触りたくなる雰囲気があると思う。

若林　もうオネエにしか見えなくなってきちゃった。

航　いや、オネエじゃないんだよな。ミュージシャンが打ち上げでハグしたり握手したりしてるじゃない？

文則　**体育会系**になりたいのかな？

航　ああ、体育会系ね。

若林　確かに、肩組んで飲み始める人いますよね。

文則　俺、それ苦手だなあ……。

若林　俺もどっちかっていうと苦手だなあ。でも、航さんはそれがいいと。

航　**肩組んで飲むのはちょっとヤだな。**

若林　**どっちなんだよ！**

スキンシップの基準がふわふわ

航　もうちょっと抑えたいなあ。熱いというより、あったかい感じ？

若林 どれくらいですか？　どれくらいのスキンシップがしたいんですか？

航 ちょっと叩く。パンパンパンパンって連続で叩くくらい。

若林 「わかるわかる」みたいな。

航 **叩きたいし叩かれたい**ですね。何かこう、ちょっと照れを残した感じで。

若林 そうなんすね……。

文則 若林さんに任せました。

若林 いや困りますね。**この不良債権を任せられると**。

文則 肩を叩かれるくらいはいいです。でも、肩を組むと顔が近づく。つまり**個人スペースに侵食してくるわけですから**。**顔が**。手が近づくくらいならいいいんじゃないですか。

若林 そうね、顔が近いと困りますよね。

文則 肩を組まれたほうもどういう顔していいかわからないし。だから、肩を叩くくらいなら。

航 **……わかったよ**。（中村文則の肩を叩く）

文則 **あ、うん……**。

若林　慣れてないじゃないですか！

文則　一回止まってから叩いてきましたもんね。

若林　航さん、スキンシップ向いてないですよ。

文則　これは航さんへの質問でしょ。

若林　そうですね、多いのは航さんかな。

Q. ラブシーンを書くとき、どんな顔をしていますか？

ラブストーリーを多く手がける中村航の執筆方法

航　真顔で書きますよ。距離を描写しなきゃいけないときとか、振り向いたときの近さがどうなってるかな？　ってやってみたりします。

若林　へえーっ。

航　**まあ、エアで。女性のことを書くときは女性になります。**

若林　航さんの小説には、**女性の気持ちをわかってあげられる男が出てくるし、ちゃんと女性の気持ちも書いてある**じゃないですか。あんなに女性の気持ちがわかる方が、**どうして女性作家たちにデリカシーがないと怒られてるんだろう？**　と不思議に思うんです。イコールにならないんですか？　作品と自分って。

航　**確かにね。**

若林　「確かにね」じゃなくて！

航　でも恋愛相談をされて「こうなんじゃないの？」って言ったら、**そうだ流石！**　って言われることもたまにありますよ。航さん、流石！　って。

若林　でも失礼なこと言っちゃうんですね？

航　失礼なことだとは頭で理解していても、**言ったらウケるかなって気持ちに勝てないんですよね。**

若林　小学生ですからね。

文則　いちばんタチが悪い。

アダルトなシーン、どう書いている？

若林　男女のベッドシーンを書かれるときの気分は？　興奮してくる？

文則　**書く前に、アダルトビデオを流す**んです。しばらく観てから書いたりします。

若林　筆が進むんですか。

文則　だからなんか、**マジかよって描写になる**ときもあります。

世界の中村文則、ＡＶに影響される

若林　だいぶ激しめの観ちゃうんですね。

文則　いや、そういうシーンを書くときだけですよ？　それを書くわけじゃないんですけど、気持ちを盛り上げるために。なんかもう**すっごいエロくなろう**と思って。**人生でいちばんエロくなるぞ**と思って。ＡＶを観てから書いて。うまくいかなかったらもう一回観て。**深夜、変なゾーンにひとりだけ入って書く**ってのが多いですね。

若林　文則さんの作品には、残酷でバイオレンスな描写もありますよね。じゃあ、そこはしんどい思いで書いてるんですか？

文則　**めっちゃテンション上がります**。

若林　怖いっすね。

文則　Sかで言えば、Sなんですよ。だからああいう悪いやつを書いてるときはすげえテンション上がってる。

若林　そういえば村田沙耶香さんも「楽しくてしょうがない」って言ってたなあ。めちゃくちゃ怖かったっすけどね、その話聞いてるとき。

文則　え？　いや、村田さんと一緒はまずいな……。

若林　一緒ですよ。

「遊園地やキャンプに行かない」

マイルール

これだけはする、これだけはしないと自分に課している〝ルール〟。
そこに秘められたそれぞれの人生哲学とは？

中村文則

若林 これはどうして？

文則 **意味がわからないです。**遊園地っていうシステムの。みんな「コワーイ！」って言いながらジェットコースターに向かうじゃないですか。乗ったらまた「コワーイ！　キャー！」って言う。**じゃあ乗らなきゃいいじゃん。**

若林 それを言っちゃうとね、ジェットコースターの存在意義が。

文則 僕はSなので。Mならいいですよ？　怖いのが楽しいんだから。だけどSだから、**ジェットコースターとの戦いになる**んですよ。「怖がらないぞ」って強がるし、**でも気を遣ってしまう人間なので、「怖がらないとつくった人に申し訳ない」**とも考える。かつ、周りの人から強がってると思われるのもイヤだし。そういう自意識がごちゃまぜになって、**結果的にどういう顔で乗っていいかわからなくなる。**

若林　忙しいですね！

中村文則、気を遣う

文則　乗って、みんなワァーってなりますよね、みんながワァーってなってるのはわかるけど、「じゃあ俺はどういう顔をすればいいんだ？」っていう。**もうひとりの自分が自分を見て、律するんですよね。**

若林　『教団X』を読んでいて「ああ、こういう気持ちを持っている人に出会うことができた」と感動したのが、物事も他人も、いつもダルそうに見る教祖。

文則　あの教祖はダルそうに見ますね。

若林　「あー、めんどくさい」みたいな。なんかね、ジェットコースターに乗ってるときって、そういう感じなんですよ。めんどくさいんですよ。

文則　ああ、じゃあ同じですよ。

航　あれ、ジェットコースター、怖くはないの？

若林　最初は怖かったですよ、もちろん。文則さんは？

文則　怖いっちゃあ怖いけど、怖いものとしてつくってるから怖いと思う……だからなんだ？　と思っちゃう。

若・航　だからなんだ⁉

若林　ああ、辛い料理をつくって（食べてみて）辛いのは……。

文則　辛いよ？　**だからなんだ？**　そういうことです。

若林　航さんはどうですか？　遊園地とか絶叫マシーンとか。

航　好きじゃないです。キャンプはもう、嫌です。

若林　嫌なんだ。文則さんと一緒じゃないですか。

航　でも最近、ディズニーランドに行ったんですねたまたま。**超楽しかったです。**

若林　**好きじゃないですか！**　僕、お化け屋敷は本当に理解できない。

文則　うん、全然。全然わかんない。**だってお化けじゃないもん。**

若林　**文則さんに熱湯風呂やらせたらめちゃくちゃ面白そう。**

マイルール

「信念を持ってやってますということは言わない」中村航

若林 インタビューで？

航 うん。**まあ、言ってるときもあるかもしれないけど。**

若林 さっきからそればっかじゃないですか！

文則 最初は否定しつつね（笑）。

若林 ご自身がよくわかってないんですよ。

航 **そうそう。**

若林　「そうそう」じゃない！

航　「これ、信念を持ってやってますから」って言われたらそれで話が終わるじゃないですか。反論もできないし。

若林　でも、小説家さんって、こういうことを聞かれそうですよね？

航　そうですね。テーマとかルールもそうですけど……**それをちゃんと用意せずにインタビューに臨むと大変なことになりません？**

若林　答えを用意せずに？

航　そう。たとえば「この小説のテーマは何ですか？」とか聞かれて。

若林　テーマは答えられるんじゃないですか？　書き終わっていたら。

文則　書き終わった直後とかだったらね。

航　**すぐ忘れちゃいますけどね。**

中村航、インタビュアー泣かせ

文則　じゃあ僕が「今度の新刊ですけれども、アイデアはどこから着想されたんですか？」って聞いたら、なんて答えますか？

航　「**え〜」ってまず言いますね。なんてこと聞くんだ**みたいな。

若林　「なんてこと聞くんだ」って、そりゃ聞くでしょ。

航　インタビューも三件目くらいになるとようやく「**あっ、俺、こういうテーマで小説書いてたのか**」ってことがわかるようになってきて喋れるんだけど、最初のころのインタビューは……。

文則　それ信念っていうかさ、準備してるかしてないかの違いなんじゃないですか。

若林　もっと厳しい言葉で言うと、**バカですよ**それは。

航　準備したら負け、みたいに思っているのかもしれない。実際には準備してないほうが負けるんだけど、そういうとき「俺はテーマとかインタビューで答えないから。信念持ってやってるんで」とか言うのをやめようと。ちゃんと困ろう。

若林　なるほど。そっかそっか。

マイルール

「電車内とかでマナーの悪い人に遭遇したときは、その人は人ではなく虫だと思ってあきらめる」中村文則

若林 虫⁉

文則 **そうしないと、生きていけない。**僕が行儀良く足を閉じて座ってるのに、（足を広げつつ）こんな風にされると「**あっ、ここに大きな虫がいるな**」と思うようにしてる。虫って、しょうがないじゃないですか。ブーンって飛んできたら「もうっ！」って嫌がりはするけど怒れない。

若林 確かに虫に怒ったことないですね。

文則 だから、これは虫だからもうそっとしとくしかないと思って。

若林　航さんは？　誰かに怒ります？

航　**今度同じシーンがあったらこういう風に言い返してやろう**とか、延々考えてることはありますね。

若林　同じシーンって絶対にないですね。キレるタイミングを逃しちゃうと、もう無理。

航　ちょっと前に、ポニーテールの女性が僕の前に立ってて、友人と喋るために横を向くんだけど、そのたびに馬の尻尾があの、僕の頬を、こう。ペシッ！　パシッ!!　と。

文則　あああ〜、僕はすげえやだ。

若林　嬉しいですね、それは。

航　うん、なんか**笑っちゃって**。

若林　笑っちゃうんですね。さすがに。

航　全然気づいてないの、しかも。気づかれないのも、可笑しくて。

ふたりが同じタイミングで受賞した「野間文芸新人賞」

文則 僕、受賞できるとは思っていなかった。だけど候補に挙がっているから、一応、発表まで待機しなくちゃいけないんですよ。だけど、いい格好で待っていると「あの人獲れると思ってるんだ」と思われるじゃないですか。だから、毛玉が出てるようなセーターを着てたんですよ。「自分、ぜんぜん獲るつもりないですから」みたいなね。そしたらまさかの受賞で。これで写真に撮られるのか……って後悔しながら会場に行った。そしたら、**航さんはビシッとキメてきて**。うっわやられたって。

若林 写る気満々で。

航 そうだっけ？

文則 それが最初の航さんのイメージ。**ビシッとキメてきた人**。そういうイメージ。

若林 確かに。毎年、芥川賞の発表があるでしょ？ そのときに「いや全然獲らないと思って、（発表まで）遊んでました」って言うのは、格好よく聞こえるかもしれない。

文則　**めっちゃブルブル震えてました**とか言うよりね。

自意識をなんとかしたい人にオススメの一冊

今回の「ご本、出しときますね？」

文則　自意識の小説ならたくさんありますね。

若林　オススメはありますか？　自意識について書かれた小説。

文則　ここはあえて、航さんがオススメするのがいいんじゃないですか。

若林　あれ、航さん小説読むんですか？

航　**あんまり読まない**。

文則　ええ？

航　**詳しくない**です。

文則　ええ？　嘘……。ええと、じゃあ……自意識はやっぱり太宰治ですよ。

航　太宰……、なんか犬を捨てに行く小説すごい好き。

文則　なんかあった。

航　『**きりぎりす**』という短篇集に収録された『**畜犬談**（ちくけんだん）』ですね。犬にね、肉を食わせて。犬を捨てに行く自意識を描いた。

文則　いいですね。

若林　小説家の方々って、ちょっと堅いイメージを持たれてますよね。「頭が良い」とか。

航　あんまりそういう風に思われないようにしてたんですけど、最近はそういう風に思われてたほうがいいなって思うようになって。

文則　なんで？　寂しくなったんですか？

航　「そこらの面白い兄ちゃんが小説書いてるよ」っていう雰囲気を出したかったんだけど。**そこらの兄ちゃんにまだ達してないと思われてるかもしれないので。**

若林　小学五年生ですもんね。

若林　というわけで、本日のオススメは『**きりぎりす**』。

『きりぎりす』
太宰治
新潮社（新潮文庫）

第十回

窪美澄 × 柴崎友香

猜疑心に苛まれる人に
オススメの一冊

窪美澄
（くぼ・みすみ）

1965年生まれ、東京都出身。2009年「ミクマリ」で第8回女による女のためのR-18文学賞大賞を受賞してデビュー。受賞作を所収した『ふがいない僕は空を見た』が、2011年に第24回山本周五郎賞を受賞。2012年『晴天の迷いクジラ』で第3回山田風太郎賞を受賞。他の著作に『クラウドクラスターを愛する方法』『アニバーサリー』『雨のなまえ』『よるのふくらみ』『水やりはいつも深夜だけど』『さよなら、ニルヴァーナ』『アカガミ』『やめるときも、すこやかなるときも』など多数。

柴崎友香
（しばさき・ともか）

1973年生まれ、大阪府出身。大阪府立大学卒業。初の単行本『きょうのできごと』が2003年に映画化。2007年『その街の今は』で第57回芸術選奨文部科学大臣新人賞・第23回織田作之助賞大賞、2010年『寝ても覚めても』で第32回野間文芸新人賞、2014年『春の庭』で第151回芥川龍之介賞を受賞。他の著作に『きょうのできごと』『次の町まで、きみはどんな歌をうたうの？』『主題歌』『週末カミング』『ビリジアン』『わたしがいなかった街で』『パノララ』『かわうそ堀怪談見習い』など多数。

若林 窪さんは朝井リョウくんと同期なんですね。

窪 はい。二〇一〇年デビューです。

若林 僕たち芸人は同期を気にしますけど、作家さんでも気になるものですか？

窪 わたくしと朝井リョウさんと柚木麻子さん。この三人は**猜疑心で結びついているんです。**

若林 猜疑心（笑）。でも、仲良しなんですよね？

窪 はい。でも、全員すごく悔しがりで、励まし合って仕事をしているというよりも、誰かが賞を獲ると、**ハンカチを噛んで「キーッ！」ってやる関係です。**

同期の活躍に、ガチ泣き

若林 意外だなあ。だって、作家さんは人間の感情を客観的に書くでしょ？　自分の嫉妬をコントロールできる人たちだと思ってた。

窪 **全くできていません。**その（同期）ふたりは、わたしより上にいるわけです。だからわたしは下から這い上がって、**足をこう、グッと摑んで引きずりおろす。**

若林　**直接足を引っ張りたい**んですね。作家さんにも人間らしいところもあるんですね。

柴崎　その感情を出し合えるのは、すごくいい関係ですよね。普通はなかなかそういうの言えないでしょう？

窪　そうですかね!?　拙宅でたこ焼きパーティーをしたときに、柴崎さんも来てくださったことがあるんですけど。たこ焼きしながら、**アイドルの引退ビデオを観ていて、一番辛辣なことを言うのは柴崎さんなんですよ。**

柴崎　自分ではそんなに厳しくないと思うんですけど……「結構厳しいね」とは言われますね。

Q. 小説を読み終わってからも身近に感じている登場人物はいますか？

柴崎　小説を読み終わってしばらくして「あれはこういうことを書いていたんだな」とわかる小説が好きなんです。

若林　なるほど。その登場人物や場面、景色がずっと心に残っているということですね。

柴崎 そう。ふとしたときに思い出したり、登場人物のその後に思いを馳せたり。**「あの人、今ごろどうしてるかな？」**とか。友達みたいに感じるんです。自分もそういう小説を書けたらいいなって思うんですよ。

若林 柴崎さんご自身はどうですか？　そういう経験はありますか？

柴崎 歩くのが好きなんです。散歩中に小説に登場した場所を通りかかって、読んだときに実はピンと来ていなかったことが、実際にその場に立つと**「ああ、こういう風景を見て、あんなことを考えたんだね」**とわかったりします。

若林 小説のラストにもよりますよね。**背中を見せて終わっていく系の終わり方**だと、主人公のその後が気になる。**余韻を残す**終わり方。

柴崎 自分がその人の年に追いついたり追い抜いたりして、読んだときは年上でも、読み返したときはいつの間にかだいぶ年下になっていて、ちょっと感じ方が変わることがある。

若林 ありますね。それから僕は「映画化するなら……」って、**勝手にキャスティングしちゃう。**

柴崎　あるかもしれない。

窪　この役は俺！　って思ったことはあります？

若林　若いときはありましたね。「この役やりたいな」とか。

窪　たとえば？

若林　村上龍(むらかみりゅう)さんの『69』とか。高校生が主人公の小説だと、自分を重ねて読んでいたかも。大学生になると、**万能感が芽生えてきちゃって**。**脚本・監督・主演「俺」**。自分がなんでもできると思ってたなあ。映画を撮るとしたらここはこういうカットだなとか、ここはちょっと離してとか（笑）。演じたかったのは、いわゆる、堕落していく系の主人公。仕事を辞めちゃって奥さんにも逃げられて……みたいな男。で、今、そのくらいの年齢になったんですけど**思ったより渋さが出てない**。もうちょい悲哀が滲んでくるかと思ったけど、足りてないことに気づく。太宰治の『人間失格』は四十歳くらいですよね。

窪　実は若いんですよね。

若林　「俺、もう、その年か」みたいな。

窪　「**太宰死んでるし**」って。

柴崎 そう、若くして亡くなった作家さんだと、結構年を超えてしまって。

若林 その度に思うのが「**司馬遼太郎長生きだな～**」と、「**松本清張 遅咲きだな～**」（笑）。

Q. 言語感覚は他人より優れていると思われますか？

窪 わたくし、息子がおりまして。大学四年生なんですけれども、若林さんのラジオのヘビーリスナーなんです。

若林 ありがとうございます。ヘビーリスナーの母に初めて会った。

窪 彼はひとり暮らしをしているので、週に一回会うくらいなんですけど「若林さんのラジオはめちゃくちゃ面白い」と。「**自分磨き**」という言葉を若林さんが使われていたそうで。

＊『自分磨き』……オードリーの両名が使用する自慰行為の隠語のこと。まさに磨くかのように擦ることから命名。

窪 息子が「若林さんは天才ですよ」と。だから、若林さんにそういう自覚はおあ

りになるのかな？　と思って。

若林　「自分磨き」は春日がつくった言葉ですね。

窪　あら、失礼しました。

春日の独特の言語感覚

若林　うちの相方は言葉に関してちょっと変なところがあるんです。たとえば猫のことを「猫」って言いたくないんですって。で、なんで？　って聞いたら、**直接的すぎるから**って。「直接的すぎて、重たいんだ」と。だから相方は猫を「おもち」って言ってるんですよ。

窪　特定の猫じゃなくて、猫全般を？

若林　猫全般を。そして、漫才のことはお漫才って言うんですよ。

柴崎　**おパンツみたいな**。

若林　そうそう。だから「**自慰行為**」**じゃなく**「**自分磨き**」**のほうが、春日にとってマイルド**なんでしょうね。彼の独自の言語感覚なんですよ。僕は未だに言葉のチョイスには悩みます。たとえば「僕」と「俺」の間の言葉が欲しいなあって、いつも思ってる。

小説の一人称、どう使い分ける？

窪　わかります。書いていても悩みますね。男性の主人公に喋らせるときに、「僕」と「俺」との間に、何かないかなあって。

柴崎　うん。「僕」も「俺」もちょっと違うな、というときがあります。

若林　女性はやっぱり「私」があるから。

窪　でも、ひらがなで「あたし」はやめとこうかなと今は思ってます。これ、いろんな作家さんを敵に回したかもしれないけど。

柴崎　ううん、わたしも、「あたし」はちょっと書きにくい。

若林　現実でも、言わない人は多いですよね。

柴崎　逆に、「あたし」がその小説の世界にぴったり合ってる人もいる。

窪　いますよね。自分の小説に、桃井かおりさんみたいな女性が出てこないんですよ。

「あたし」を使っていいのは桃井かおりのみ！

柴崎 桃井かおりさんかあ、確かにそれは「あたし」以外ありえないね。

若林 小学校四年生のときに、好きな女の子がいたんです。大好きだったんですけど……ある日を境に、彼女が**自分のことを「あたい」って称しはじめた。**

窪 それは病が深いですね。

若林 すっごく恥ずかしくて、その瞬間から大っ嫌いになった。

窪 「ボク」とどっちが嫌ですか？

若林 女の子のボク？　ああ……**「ボク」はキツイかもしれないですね。**

若林、ボクっ娘はＮＧ

若林 そう言ってる人には申し訳ないんだけど。なんだか強いこだわりを感じちゃいますね。そのこだわりで、人付き合いが難しくなる局面がくるだろうから。

柴崎 **「ボク」はちょっと通ったことがあります。**

若林 えっ……。柴崎さん、「ボク」って言ってたんですか⁉

柴崎 実際の会話じゃなくて、作文とかノートの中だけですけど。

若林 ああ、そっちね。地雷踏んじゃったかと思った。

柴崎 でも、やっぱり「ボク」で書くとフィクション感が出るんですよね。それも白分が小説を書くきっかけになったかなって思ってます。

マイルール

これだけはする、これだけはしないと自分に課している〝ルール〟。そこに秘められたそれぞれの人生哲学とは？

「編集者さんの褒め言葉を百パーセント信用しない」窪美澄

窪　わたくし、**猜疑心美澄**なので。編集者さんって、**褒め言葉の埋蔵量が一般人の比じゃないんです。**埋蔵されてる量、蓄積量が違う。

柴崎　いろんなバリエーションがありますよねえ。

窪　そう。**しかし編集者が我々小説家を褒めるのは、ひとえに原稿が欲しいからなんですよ。**それに気づかず彼らの褒め言葉を鵜呑みにしてしまうと、自分が把握できないくらいの予定を組んだり、変な義理を立てたりする羽目になる。つまり、純粋な気持ちでの小説書きから離れてしまうんです。だから、褒められても、もちろん「ありがとうございます」とは返しますけど、信用はしていません。

若林　「この人の感想だけは信用している」という人はいませんか？　作品を読んで、どう思ったのかをいちばんに聞きたい人とか。俺は、漫才のネタをつくっていて、「AのオチとBのオチ、どっちにしよう？　フィフティ・フィフティで選べない」って悩んだときは、オチを選んでもらうやつがいるんですよ。**そいつは全然面白くない芸人なんです**（笑）。面白い芸人には独自のセンスがあるから、それを他人がやっちゃうと全然ウケないんですよね。一方、**つまんない**

芸人は、お笑いが超好きなんですよ。そいつにウケたら、一般にウケるんです。ビックスモールンのゴンってやつなんですけど（笑）。

柴崎 客観的に見てくれるんですね。

若林 そう。漫才を一本やったら、いちばん最初にゴンに感想をもらうんですよ。簡単に言うと、信用している人ってことかな。

窪 さっきも言いましたけど、朝井リョウさんとか、同期の人がパッと面白いって言ってくれたら信用する。積極的に面白いって言ってくださったら。

同期への感想の伝え方

若林 ああ、いい関係ですね。だけど、さすがに伝え方には気を遣いますよね？

窪 読んで面白かったら、面白いって言うし、**面白くなかったら黙ってます**。

柴崎 何も言わない。触れない。

若林 確かに。ライブが終わって、観に来てくれた芸人と飲みに行くと、**面白くないと思っているであろうときは内容に触れてこない**。「舞台監督は誰？」とか聞いてくる。

窪　それありますね。本も、**装丁をやたらに褒められるときはちょっと傷つく。**

柴崎　周辺をね。

窪　「**タイトルいいね！**」とか（笑）。

マイルール

「〝人の為〟にやらない」柴崎友香

柴崎　自分の行動に、大義名分を与えちゃうのはよくないな、と思います。もちろん心から〝人の為に〟と行動できる人はいいんです。だけどわたしは、まずは自分ができる範囲で、自分がやりたいと思うことをやって、それが結果として、誰かの役に立ったり、喜んでもらえたりすればいい。あるいは「人」じゃなくて……たとえば、わたしは出身が大阪なんですが、〝大阪の為に〟のように、大きい大義名分を持たせちゃうとよくない。ちょっと尊大になってるし、そもそも、自分ができもしないことで無理をしちゃうと、結局出来がよくないんですよね。そういう自戒をこめたルールです。

若林 恋愛で、〝相手の為に〟と思ってしたことが響かないと、ショックですよね。思わないようにしてます？ 〝彼の為に〟って。

柴崎 思わないです。だって、自分が言われるとイヤじゃないですか？

若林 うんうん、そうですよね。俺、そう言われるのがすごくイヤなんですよ。

窪・柴 **イヤそう。**

窪 部屋とか勝手に掃除されるの、イヤそうですよね。

若林、女性を泣かせた過去

若林 うわあ、大正解。やっぱりそういう感じが出ちゃってるんだなあ……。俺、酷い人間なんです。この問題で女性を何人も泣かせてるんですよ。まあ、単純も単純。「若林くんの為を思ってやったんだけどな……」とか言われると、「**頼んでねえから**」って言っちゃうの。わかってます、最低ですよね（笑）でもね、**経済の流れから見ても、百パーセント、「人の為を思って」なんてことはありえないでしょう？**　たとえばボランティアにしたって、やると気持ちいいですよね。奉仕の精神は、もともと人間に備わっている。相手の為にもなるし、自分の為にもなる。それを、「全部、あなたの為よ」とされると……怒りが湧いてきちゃう。**人間は結局自分の為に、合理的な行動をとってるんだよ！**　って。

柴崎　実は自分の為にやってるのに、人の為とか、なにか大きいものの為、という考えがよくないんですよね。

若林　俺、この番組がまさにそうで。作家さんや出版社の人たちに、「出版業界を盛り上げてくださってありがとうございます」とか、「出版業界の為になっています」とか言われるんですけど……いや、俺が楽しくてやってるんです。俺がそもそも作家さんと、いろんな人と喋りたいって言ってやらせてもらってるから。

柴崎　出版業界の為に……なんて思いはじめたら、つまんなくなっちゃうと思う。

マイルール

「気の弱っているときに本屋さんの引き寄せ本コーナーに寄らない」

窪美澄

＊『引き寄せ本』……「ポジティブな感情が幸福を引き寄せる」などの引き寄せの法則を扱った本。

若林　あはは、これは？

ご本、出しときますね？

窪　すごく気が弱くなりがちな人間なので、迷いが生じやすいんです。わたしもやっぱり本屋さんが好きだからよく行くんですが、気が弱っていると、引き寄せ本や自己啓発本コーナーに行っちゃうんですよ。救いを求めるかのように貪り読むんですが、**全然、響いてこない**。ある日ふと気がつきました。「引き寄せられてるのは自分なのだ」と。引き寄せ本の著者に、印税が入ってる！　わたしはいいカモになってる！

若林　ワナを仕掛けられた（笑）。

窪　そう。その循環に気づいてから、これをルールにしているんです。

若林　自己啓発本のワナは恐ろしいですよね。そのコーナーに人が集まっていると、更に引っかかる。**鮎釣りの仕掛けみたいなワナ**。窪さんはどんなときに心が弱るんですか？

窪　原稿書けないときとか、小さいことでクヨクヨしやすいです。

若林　芯が一本、すっと通ってるように見えますけどね。

窪　猜疑心美澄ですので。すごく疑り深い。

若林　**タイトルも、うまく引っかかるように返しがついてるんですよね**。特に、**代**

官山のツタヤ（代官山蔦屋書店）ね。返しだらけ！　純文学見に来たつもりが、返しに引っかかっちゃって。

窪　そう。『キレイになるルール』とか。誰が読んでんのかなこれ、みたいなのだらけ。

若林　全部ツッコめますよ。ツッコめないタイトルないですよ、自己啓発本って。

柴崎　「**そんなわけないやろ**」って。

若林　「**それできたら本が出ないからな、まず**」とかな。「**結局心理学ね**」とか。最近はアドラーとか、「自分を好きになる」みたいな本がいっぱい置いてありますけど、ほんとに可能なのか？　って思いますよね。

＊アルフレッド・アドラー（1870〜1937）……精神科医、心理学者。「嫌われる勇気を持て」「トラウマなど存在しない」などの個人心理学（アドラー心理学）を創始。

窪　思ったとおりのことが、人生には起こらないじゃないですか。予想外のことが人生には起こる。それが自分のせいだと思ってしまうと、あんまりよくない。

若林　でもね、僕へのファンの差し入れやプレゼントは、自己啓発本がめっちゃ多い。

柴崎　なぜ。

窪　必要としてると思われてるんだ！

若林　単純に……**ナメんじゃねえよと思います**（笑）。

今回の「ご本、出しときますね？」

猜疑心に苛まれる人にオススメの一冊

若林　今日は猜疑心の話で盛り上がりましたね。猜疑心の話で盛り上がるのもちょっとどうかっちゅう話ですけど（笑）。窪さん、「疑い」や「猜疑心」が主題になってるような小説はありますか？

窪　疑り深い人間なんですけど、小説を書くときだけはドーンと腰が据わるんです。人の評判とか、書いてる間はあまり気にしない。最近読んでよかったのは、栗原康さんが書かれた、伊藤野枝さんというアナーキストの評伝『村に火をつけ、白痴になれ』。

＊伊藤野枝（1895～1923）……婦人解放運動家、無政府主義者、作家。人工妊娠中絶・売買春などを題材とし、多くの評論・小説を発表。

窪 伊藤野枝さんの生き方、「**人の目なんか気にしない、やりたいことをやって生きていく**」というのを、栗原さんが素晴らしい文章で伝えている。自分のなかに迷いがあるときは、「昔の日本にこういう生き方をした女性がいたんだ」と思うと、元気になれるかもしれないですね。引き寄せ本よりいいと思います。

若林 引き寄せ本よりずっとよさそうですね(笑)。

若林 というわけで、本日のオススメは『**村に火をつけ、白痴になれ**』。

『村に火をつけ、白痴になれ』
栗原康
岩波書店

第十一回・第十二回

角田光代 × 西加奈子

ズルしたくない人に
オススメの一冊

ご本、出しときますね？

角田光代
（かくた・みつよ）

1967年生まれ、神奈川県出身。早稲田大学第一文学部卒業。1990年「幸福な遊戯」で第9回海燕新人文学賞を受賞しデビュー。1996年『まどろむ夜のUFO』で第18回野間文芸新人賞、1998年『ぼくはきみのおにいさん』で第13回坪田譲治文学賞、1999年『キッドナップ・ツアー』で第46回産経児童出版文化賞フジテレビ賞、2000年第22回路傍の石文学賞、2003年『空間庭園』で第3回婦人公論文芸賞、2005年『対岸の彼女』で第132回直木三十五賞、2006年「ロック母」で第32回川端康成文学賞、2007年『八日目の蝉』で第2回中央公論文芸賞を受賞。他の著作に『三月の招待状』『森に眠る魚』『くまちゃん』など多数。

西さんのプロフィールは、第一回（12ページ）をご参照ください。

若林 西さんは、三回目のご登場です。もう、ミス・『ご本、出しときますね？』ですね。宣伝大使として、これからもよろしくお願いいたします。

西 ありがとう、嬉しい。

若林 角田さんと西さんは、普段から親交があるんですか？

角田 西さんに遊んでもらっています。

西 角田さんが、ご自分の仕事場で、おいしいご飯をつくってくれるの。高いワインをボンッボン開けてくれて、まめまめしくお世話してくれるの。大先輩やから、私も最初は「角田さん、手伝います！」とか言うてたけど、あまりにも楽しそうにもてなしてくださるから、だんだん遠慮もなくなって、ついには「**角田さん、おかわり！**」まで言うようになってしまった。

若林 目に浮かぶなあ。西さんが「もういいや〜」と思って、いさぎよくおかわりしてる姿が（笑）。

角田光代、ボクシング歴十六年！

若林 意外だったのが……角田さん、ボクシングをされてるんですね？

角田 はい、ジムに通っています。

若林 すごいなあ、角田さんがボクシングなんて、夢がある。かっこいい話だ。

西 かっこええかっこええ。マラソンもやってはるしな。

若林 ああ、スポーツがお好きなんですね。

角田 いいえ、大嫌いです。ボクシングもマラソンも、頑張ってやっているんです。

若林 ええ？　嫌いなのに、ボクシングができますか？

角田 **上達を望まなければ、できます。**

若林 ははあ。「ボクシングをやってる」と言うと、周りから驚かれませんか？

角田 驚かれますね。

若林 ですよね（笑）。いちばんお得意なパンチはなんですか？

角田 **そういうレベルじゃないんです。**下手なんですよ。

若林 でも、経験は長いですよね。どのくらいやってるんですか？

角田 十六年です。

若林 十六年!?　ジムのなかでも、相当なベテランですね。じゃあ、バンデージ（＊グローブの下に巻く布。拳と手首を固定し、クッション材の役割も果たす）もご自分で巻かれるんですか？

角田 はい。

若林 もう、くるくるくるって、軽やかに巻けるでしょ？

角田 はい。

若林 お手の物、なんですね（笑）。ボクシングを始めたきっかけは？

角田 失恋ですね。三十三歳のときに。本当にへこんで、なにもできなくなってしまったんです。「三十代で失恋か。四十代になっても失恋するだろうから、心を強くしておかないと、この先耐えられない」と思って。

若林 失恋に備えて、身体を鍛え始めたんですね。

角田 **強い心は強い肉体に宿る。**

若林 それ、ヤンキーと同じ考え方ですね。ヤンキーが喧嘩に負けて、ジムに通い始める動機そのもの！……じゃあ、作家として、本を書くことに、身体を動かすことがいい影響を与えていますか？

角田 気持ちが変わりました。ボクシングは初心者で、下手なところから始めて、**誰よりも強くなれないということを知ったことで、仕事（小説）も人と比べ**

なくなった。若いときよりは、気持ちが楽になった。

若林 やっぱり、芯が強くなるんでしょうね。肉体が強くなるとともに。十六年もボクシングをやってるんだから、**国内最強の女流作家**ですよね。

角田 いやいや、全然。

若林 **角田さんか林真理子さんでしょうね。**

西加奈子が語る、尊敬すべき角田光代

若林 角田さんは、西さんの尊敬する作家さんですよね。どうしてでしょう?

西 こんな方にお会いしたことがない。まず、大御所というより、**ドン御所**やん。

若林 ドン御所。初めて聞くワードですが、確かに。

西 とんでもない作品をとんでもないスパンで書き続けておられて、賞も、獲ってないやつないんちゃうか!? というくらい獲ってはるけど、私が「角田さん、おかわり!」って言っちゃうくらいの方やねん。自分を良く見せなすぎて、「角田さんがやる仕事ちゃうやん!」っていう仕事まで全部受けちゃうの。お仕事の依頼メールをいただいて、おこがましいけど「さすがにこの条件はない

で」っていう内容で、「お断りしーよう」って思いつつ、でも一応、添付資料の「今までご協力いただいた方一覧」を見たら「角田光代」って書いてある。**「やっとんのかい！」**みたいなのが、すっごくいっぱいある。あまりにも自分を良く見せない弊害がこんなところに。

若林　角田さんは、お仕事を断らないんですか？

角田　いえ、仕事の依頼があったときに、できるかどうかとは別に、**「やりたいかやりたくないか」があるということがわからなかったんです。**

「やりたくない」が、わからない

若林　それ、すごい境地ですね。

角田　それがわかってから、「やりたくない」でいいんだって思ったんです。それがわかるまでは、「○月○日は空いてますか？」って聞かれたら、「空いてます」って答えてたんです。

若林　**空いてるからね。**空いてるかどうかはわかるけど、やりたいかどうかはわからないってことですね。うちの相方と一緒にするのも申し訳ないですけど、近いかもしれない。あいつもやりたいかやりたくないか、わからないんですよ。ドッキリ企画だったんですけど、春日は「ロープなしでバンジー跳んでもらえますか?」って言われて、ちゃんと現場まで行くんですよ。

西 死ぬやつやん!

若林 高さが六十メートルくらいある橋なんですけど、それを見て、**「ん〜〜〜やりましょう!」**って。あいつも、やりたいかやりたくないかわかんないんですよ。

西 角田さんは底なしというか……頼まれちゃう人なの。普通は、他の作家に仕事場を見られるのはイヤやろ? でも、「いいよいいよ見て!」って言うから勝手に入らしてもらった。そしたら、机の前に角田さんの小さい字で**「小説以外の仕事は断る」って。**もう涙出てきて!

自分への戒めを机に貼る

若林 書いておかないと、小説以外の仕事を受けちゃうからね(笑)。

西 **誰も、角田さんに仕事を頼むな!**って思った。

角田 西さんでも、やりたい仕事とやりたくない仕事があるの?

西 あるある。角田さんの境地になりたくて一時期すべて受けようと思ったことはあるけど……でも無理！

若林 角田さんが、どこまでOKしてくれるかのロケをやりたいですね。

西 雑誌のダイエット特集でな、角田さんが全身タイツ着て、身体に脂肪の線を描かれて、ピーンって立っとるねん！　写真見た瞬間、「なにやってんねん！」って声が出た。

角田 モジモジくんのスーツみたいなのを着たやつですね。

西 **あの角田光代やで！**　わなわなわなわなってなって、ほぼ怒り気味で、「なんであんなん受けたんですか！」って言ったら「**痩せたかったから……**」って。

若林 角田さんご自身はどうですか？

角田 今は猫です。猫の前は音楽でした。

若林 小説家として、そういうとき

Q. もうダメだと思ったとき、自分を救ってくれるのは小説・音楽・映画・テレビ・お笑い、どれですか？

に「音楽」に救われるのは悔しくありませんか？

角田　そのとき気づきました。**小説は人を救わない**。少なくとも、わたしは小説では救われたことはないって。それで伺いたかったのは、お仕事と自分が救われるものは関係があるのかないのかということ。

若林　なるほどねえ。今は猫ですか？

角田　猫がいれば頑張れます。

若林　それはどういうときに？

角田　「この子を残しては死ねない」と思うとき。あとは、すっごく辛いときに、夢でまでうなされて、ふっと目を開けると、猫がわたしの胸の上でスウスウと寝息立ててたりすると、帰ってこれた、生還できたって思います。

若林　そうなんだ……。俺も今迷ってるんだよなあ、猫飼うかどうか。

西　ええで。人に優しくなれるで。

若林　西さんも猫飼ってるもんね。人に優しくなれる……ねえ。

西　うん。

若林　西さんはどうですか？　絶対に自分を救ってくれると信じるもの。

西 私は、一発でガアンって救ってくれるのはプロレスとお笑い。小説は長いスパンで、後からずっと効いてきます。

若林 俺はテレビですね。お笑いも含めたテレビ。本当に絶望したときって、動けないんですよ。動けないとなると、映画は借りに行くか、観に行かなきゃいけないから無理でしょう？　小説も、ページをめくらなきゃいけない。

西 絶望すると、それすらできない。

若林 「あー死んだろ」って思ったときは動けないですね。

西 死にかけてんねんな。

若林 そして音楽は、パワーにやられちゃうときがあるから。下りすぎちゃうか上がりすぎちゃうから、それもよくない。だけど、テレビはリモコンを押すだけ。それくらいは絶望してても、できるんだよね。何歳のころか、なんの番組だったのかももう覚えてないけど、もう本当にダメだってときにテレビをつけたら、ユリオカ超特Qさんがブリーフ一丁で綱渡りをさせられていたんですよ。それが壮絶に滑ってた。それを見た瞬間、「あっ俺大丈夫だな」って思ったなあ。

西 そういうの、かっこいいよね。

Q. 今の自分は、かつて想像していた自分とどう違いますか？

若林　西さんは？

西　今、三十九歳なんやけど、小さいころは、自分の書く字は時間が経てば自然と草書体の、大人の字に変わると思ってたんやけど、今でも小学生時代の字と変わらん。自転車で坂道を下るときは「ヒュゥ〜！」って言っちゃう。ああ、大人ってこんなに変わらんのやって、びっくりする。もっとちゃんと大人になってると思ってた。

若林　俺は見た目だなあ。最近の悩みでもあるんだけど、思ったよりとっつぁん坊やに育っちゃった。もっと渋い大人になりたかったんですよね。このままいくと、本村（もとむら）弁護士みたいになるんじゃねえかなって、すっごく不安なんですよね。

西　どんな人になりたかったの？

若林　もう三十七歳ですからね。汚れてもいるんだけど、それをあんまり出さない。あきらめもついてるんだけど、社会上あきらめてないフリをしてる……みたいな。**ソロのときの桑田佳祐（くわたけいすけ）**みたいな雰囲気を出していたはずなんですけど、どうも違うらしい。ひな壇の芸人たちも俺のことをナメてるっぽくて、**俺がMCのとき、私語が多い**んですよ。「さんまさんのとき、お前らそんなに喋ってねえだろ！」って、腹立たしくなる。

西 そうやね、桑田さんやったら喋られへんかもね。

若林 さんまさんや爆笑問題の太田さんって、哀愁が漂ってるでしょ。俺も哀愁を出したいんだけど、全然出ないね。それに、自分の親とも全然違うし。俺はいつまでも子どもっぽい。

西 わかる。親が三十九歳のころ、私は何歳だったんだろう……とか考えると、うわああって、髪をかきむしりたくなる。

若林 やっぱり、お母さんとは違う？

西 うん。だって、母親が三十九歳のとき、私はもう十歳過ぎてるやん。それなのに、私は未だに「わあい、角田さんち遊びに行ーこう！」とか考えてる。なんも背負ってない感じがする。好きな仕事やし、楽しいことばっかりしてる。就職もしたことないから、自分のこと、変かなあって思うこともある。

若林 角田さんは、ギャップを感じることはありますか？　今の自分の年齢と、かつて見ていた、その年齢の大人と。

角田　もちろん。**昔の大人は、もっと大人を引き受けていた**気がします。昔は、デパートには二階に若い子の服があって、三階に三十代の服があって、四階におばさんの服が置いてあったでしょう？　で、親は躊躇なく四階に行っていた。わたしには、それができない。おばさんを引き受けるということを、昔の人はちゃんとやってたんだなあって思います。

西　おばさんは、おばさんパーマをあててたもんねえ。今は、みんな若いんやね。

若林　角田さんは信じますか？

角田　わたしにとって、信じていることが当たり前なんですけど、ふと「これは普通のことなのかな？」と疑問を抱いて。

若林　すみません、僕は信じていないんです。

角田　**あっ！　ええっ……！　そうなんですか！**

西　メッチャ驚いてる（笑）。

Q. 生まれ変わりを信じますか？

若林　すみません、そんなに驚かれるとは思わなかったんです。全く信じてないんです。

角田　全く信じてないんですか！

若林　正直、信じてないですね。西さんは？

西　信じたいけどね。前世を見てくれる占い師さんにお会いすると、「絶対ウソやん」ってこと言わはるやん。「信じさせてくれよ！」ってなる。「もっとうまいこと言えよ」って。

若林　なるほど。わかる気がするなあ。

西　サンフランシスコで前世を見てもらったときに、「あなた、前世でとんでもなく悪いことをしたから、百ドル払わないとおでこが爛れるよ」って言われて。なんかさ……もうちょっとうまいこと言えんかったんかなあ。「おでこが爛れる」じゃ「ハッ！　怖い！」ってならへんやん。プロやったらもっとさ、ビビらせられること言えるやろ？　でも、角田さんみたいな、無垢でまっすぐな人が「生まれ変わりはある」って言うなら信じる。

若林　僕は、宗教的なことも生まれ変わりも、全く信じてないんですよ。ずっとそう思ってきたんですけど、**死んだ人は、ずっと見てくれている感じがするんですよね。しかもね、上（天国）からなんですよね、やっぱり。**自分の上には空、その上にあるのは宇宙だということをちゃんと知ってるのに、それでも「上から見てくれている」感じがする。それが不思議。

西 ひとりのとき、悪いことできへんよね。ひとりじゃないって感じがするから。

「〝根はいい子制度〟は絶対ではない」西加奈子

マイルール

これだけはする、これだけはしないと自分に課している〝ルール〟。そこに秘められたそれぞれの人生哲学とは？

西　よく少女漫画に、不良が雨の日に路地裏で子猫抱いてるのを偶然見かけて「ドキッ☆　ほんとはいいやつ！」みたいなのあるやん？　一気に針がグッと「いい人」サイドに振れるやつ。それは素敵な制度やと思うねん。だからといって、普段花に水をやって「元気でね」とか言ってくれるめちゃくちゃ優しいおじいちゃんが「チッ」て舌打ちしてるのを見て「うわっ！　ホンマは嫌な人やったんや」って思うのはなしにしようってこと。そのふたつをイコールにせんとこうよ、て思う。おじいちゃんだって、三百六十五日のうち一日くらい腹立つことやってあるやん。それをちょっとなんか失敗……「チッ」ってしただけで「ほらみろ、根は悪いやつだ」って批判するのは嫌。芸能界でも最近多いやん。**一回の失敗でその人の努力を全部なしにすんなよって思うの。逆はアリやと思うの。ホンマはいい人やったって思うのは素敵なことやから。**

若林　これは、多面性を認めないっていうことなのかなあ。みんな「**本当はどういう人なの？**」っていう言い方をするよね。

西　そうそう。それさ。もし、めちゃくちゃ悪人が良い人ぶってたとするじゃない。でも、それって、本当に根がいい子が他人に優しくするよりしんどいことやん。

その人が努力しているということを、いったん認めようよって思う。

若林 テレビ番組を収録していると、こういうノリになることがあるんです。それは、「**本音を言おうよ**」。テレビだからって本音を隠すなよ、ってことですね。だけど、俺はとてもじゃないけど、本音なんて言えない。そんなこと言ったら、仕事が全部なくなっちゃうんですよ。だから、「本音を言おう」なんて言えるやつは、よっぽど自分のことをいいやつだと思ってんだろうなって。

西 わかるわかる。

若林 根はいい人がちょっと悪いことをしてしまったときに、「あいつは悪い人だ」って糾弾する人って、メチャクチャ自分のことを正義だと思ってる。自分にそういう部分がないと思ってるから。それって怖いよね。俺そのときのスタジオ、超怖いなってビビる。全体主義っぽくて、「**これ、暴動から革命が起こるときの空気じゃん**」って。

西 **正義って優しくないもんね?**

若林 自分のことを完璧に「善」だと思ってる、その勢いが怖い。

西 他人を糾弾するときの人の目って、ガーッと見開きすぎて真っ黒なんだよね。

若林 角田さんは小説のなかで人間のいろんな面を書かれてますけど、日常生活で他人を観察しますか？

角田 いや、あんまりそういうことは考えません。だけど、西さんの書かれることは、小説の本質じゃないかなって思います。**本当の悪人もいないし、善人ぶっている人もいないし、悪いけど、悪いだけの人もいない。それを配分していくのが小説だと思っています。**だから西さんのルールは、そのまま小説のルールでもあるんでしょうね。

若林 さて、角田さんと西さんとの鼎談の後半戦に突入しました。角田さんの意外な一面を知って、驚いています。

西 **角田さんは九九ができないの。**

若林 えっ⁉

角田光代、九九は六の段まで

西　角田さんにとって「8×8」は、「8を八回足す」こと。「はっぱろくじゅうし」と覚えるんじゃなくて、一回一回、「8＋8＋8＋……」。それがすごく角田さんらしいなと思うの。みんなが九九を覚えるのは、便利で能率がよくなるからでしょう？　だけど本来は、8を八回足すことだよね。角田さんは小説でもそうなの。「こう書いたら簡単に恰好良くできる」とか「効率よく次の場面に持っていける」というようなことをなさらないの。8を八回足すような書き方をされるし、ご本人もそうなの。

角田　でも、**九九は覚えておいたほうがよかったな**と思います。

西　何の段までできますか？

角田　五の段までは難しくない。**六の段以上があやしい**。

若林　二時間もあれば、六の段から九の段まで覚えられるじゃないですか。頭もよろしいでしょうし。覚えようと思えば、絶対に覚えられますよね。

角田　覚えようと思えば。

若林　今度**ロケでやってくれませんか？**

西　こら！　仕事を受けちゃうだろ、やめろよー！（笑）

マイルール

「言霊に気をつける」角田光代

若林　これも意外。気をつけるって、どういう風に？

角田　性格がネガティブなので、**全部のことを悪く悪く考えてる**んですけど、それを口にしちゃうと現実になってしまうので、言わないようにしています。

若林 不幸だと思っても「不幸だな」とは言わない？

角田 そうですね。でも、書くのはいいと思ってるんです。言わなければね。だから日記には書いています。だけど、「今が不幸だから明日も不幸だろうな」というようなことは表現しないようにしてますね。

若林 「今日一日パッとしなかったな」と「今日一日楽しかったな」なら、「楽しかったな」って言ったほうが人生は楽しくなりますかね？

角田 そうですね。「明日も楽しいだろうな」と言ったほうがいいですね。本当はそう思っていなくても。

若林 すごくわかります。俺は「明日もクソつまんないだろうな」って言っちゃうんですよ。「明日はきっと楽しいだろうな」って言うのは、**ウエイトリフティングに置き換えると、八十キロを上げるのと同じくらい辛い**んですよね。でも、言霊的には、ポジティブなことを言うほうがいいだろうなって気もするんです。これ、いつも、舞台に出る前に袖で迷ってることなんです。舞台上にマイクが設置されてて、これから出ていく！　というときに、「楽しく漫才するぞ」って思うとめちゃくちゃ疲れちゃうんです。「**今日の出演者でいちばん滑ってや**

ろう」って思うと、やる気が出てくるんですよね。「**徹底的につまんないって思われてやる**」って思うと活力が湧いてくるんです。

西　それも、ある意味言霊やろうな。

若林　だから、どっちを言うか迷ってるんですよね……。

角田　楽しいことを言うのは、わたしも辛いんですよね。ただ、ネガティブなことを言わない。「明日は楽しくなるぞ」とも言わないけど、「明日は最悪だ」と思っても、やっぱり言わない。

若林　今日一日が楽しかったってことにして日記をつけると、毎日が楽しい方向に行くってどこかに書いてあって、続けてたんですよ。でも、疲れるの。本当に、自分のことを徹底的に悪く書きまくると元気が出てくるんですよね。

角田　悪いことを書くのはいいんですよ。わたしも悪いことしか書かない。もう、**日記が真っ黒**ですよ。

若林　でも、悪いことを書くと楽しいですよね？

角田　活力が湧く。あと、嫌なことをノートに書いていれば、口に出さずに済む。

若林　そうそう。紙に書くから、頭のなかから消えていくんですよね。デトックスですね。

マイルール

「〝誰かを傷つけている〟と自覚して書く」西加奈子

西　震災があったときにとあるミュージシャンの方から伺ったんやけど、震災前に「瓦礫を掻き分けて……」みたいな曲をつくったんだって。「瓦礫を掻き分ける」というのはもちろんメタファーなんやけど、いろいろな人に「変えてくれ」とか「配慮してくれ」って言われたそうなの。作家はそういう〝圧〟をほぼ受けない職業だけど、それでも書いていて「震災に遭われた方がこれを読んだら、どう思うやろ」って思うこともあった。でも、はたと気づいて。「そう思うのって、被害の規模が大きかったからってだけやん」と。たとえば「全力で走った」って書いたら、全力で走れない人を傷つけてるかもしれないし。震災後だからビビッドに「誰かを傷つけているかもしれない」って考えるんじゃなくて、常に思っておこうと。

若林 予期せぬところで傷つく人もいるだろうしね。

西 そう。傷つけないのは無理やから、**そこに無自覚でいたくない**と思うの。「傷つけてるぞ」って意識しながら書いて、作品に責任を持とうってすごく思うようになった。

若林 小説を書いていて、これで傷つく人が出ちゃうなと思って、その表現を変えることはありますか？

西 それが物語にとってすごく必要な表現やったら、変えない。ただ、センセーショナルさのためだけやったら変える。そこは、めちゃくちゃ考えないといけないなと思います。ただ、びびって変えることはしない。**作家である限り自**

分の表現にびびったらあかんなと思うから、それこそウエイト上げる感じで頑張って書きますね。

若林 角田さんはそういう風に考えることはありますか？

角田 ありますね。一昔前はもっと無自覚に書けました。わりと大胆に書いても**「この表現が誰かを傷つける」という感想は来なかった**と思うんですよね。ここ数年で読者からの「この表現で傷ついた」という感想が普通になってきたと思います。だけど、それを考え出してしまうと本当にもうなにも書けないし、でも、やっぱり怖いという気持ちもある。自分で、怖い気持ちを引き受けないといけない。

若林 お笑いには「引く」というのがあるから。人間は「善」の気持ちが強いんだなって、舞台で実感しますね。たとえば、ハゲてる人を舞台上でいじってて、この表現までは笑うけど、これを言うとお客さんが引いちゃってウケない**正義のライン**があって。そのラインを越えないところまでは人は笑うんですよね。

西 でも、「そのラインは誰が決めてるんだろう？」と疑問には思わない？

若林 むしろ、そのラインこそが俺にとっての希望なんです。正義のラインがあることで、すごく救われましたね。売れてない芸人をいじりすぎると、四百人くらいのお客さんが勝手に引くから。でも、愛があるところまでは笑う。結構人**間って、直感的に善いことと悪いことを判断してて、**引くのが俺が思ってるラインよりわりと手前だから、みんないい人なんだなって単純に感動しちゃう。それはスタジオでも思いますよ。

小説に「ズル」はあるか？

若林　ズルって、どんなズルですか？

角田　マラソンとかだとわかりやすいんですけど、歩いちゃうとか。

若林　角田さん、ストイックですよねえ。

角田　わたし、限りなくズルができるんです。学生のときからズルが得意だったので、放っておくとズルをしがちなんですよね。だから、ズルをしないと決めておけば、気をつける。

若林　でも、小説にはズルってないですよね？

角田　**小説には意外とズルがある**んです。たとえば、ふたりの人間が出会うシーンで、どうしてそのふたりがその場にいて、出会ったのかを、丁寧に、自分が信じられるようなシチュエーションで書かなきゃいけないんだけど、やっぱり「ズルをしちゃおうかな」というときは、**パンとぶつからせて**。端折るというのかな。

若林 なるほど。俺は、ネタを書くときにズルしてるな。「ズルしない」というのは、そこでもう一歩踏み込んで、出会う必然性を考えるってことですね。

角田 **小説はズルができる**。

西 意外とできる。

若林 小説は、突き詰めればキリがないですね。どこまでやるかという問題もあるね。

西 自分が信じられるということが一番大切かも。こっちが「こんな出会いないやろ」と思いながら書いたらダメだし。

若林 ズルをして、自分がしんどかったから、もうしないように決めたんですか？

角田 そうです。

若林 ズルをしなくて書き上げた小説は、やっぱり「やったな」という感じがありますか？

角田 やっぱり、**書き終えても書き終えても、ズルをした気がする**んですよね。

若林　「もうちょっとここ頑張れた」って思いますよね。完璧や百点はないですもんね。西さんはどうですか？

西　ある。二作目の『さくら』という小説で、主人公のお兄ちゃんが自殺するの。当時は本気で書いたの。でも、後から「死なせることはなかった」ってずっと考えてたの。事故に遭って死なせるって、駒やん。登場人物を駒にして、それで家族が団結して。無駄に死なせたというのがずっと苦しくて。だから『サラバ！』という小説を書いたときは、もう絶対に神様の起こしたアクシデントではなくて、髪の毛が薄くなってきたとか、誰にでも起こることで変化させていこうと誓った。当時『さくら』を「よーし殺しちゃえ」というノリで書いたわけでは決してないんだけど。でも、ズルはしたらずっと苦しいから。ズルをしないで苦しむほうが楽しい。

傷だらけの若林？

西　若林さんは、ズルしたなって思うことはある？　「これをやったら絶対ウケるけど、ウケたあと、気持ちはよくない」とか、ある？

若林　ズルをしないと、難しくなっちゃってウケないことがあるんだよね。俺も**本当はジャルジャルみたいな漫才がやりたい**んですよ。春日と組んでるから、設定がどうしても「**引越し**」とかになるんです。春日と「価値観のズレ」みたいなネタをやっちゃうと、あいつ、肩幅が広すぎて似合わないんですよね（笑）。年齢的にもキャリア的にも、設定をもう少しよく考えた方がいいんだけど。でも、「**お葬式**」くらいでやめておいたほうがいい。

西　それ、苦しい？

若林　**相方に腹が立つ**ね（笑）。

西・角　（笑）

西　ひな壇にいるときとか、バラエティでは？

若林　**めちゃくちゃズルしてる**ね。

角田　そういう場合は、どういうことをズルというんですか？

若林　まずいものをうまいって言ったり。

角田　それはズルじゃないですよ。お仕事ですもん。

若林　結果的に、仕事上はズルしてないってことですかね。

西　そういうことをズルだと思うのは、若林さんの心が綺麗だからだよ。よう生きてるなと思うよ。感動するよね。テレビが悪いわけちゃうけど、そんな人がテレビにまだいるんだと思う。**傷だらけやん。**

若林　そんなつもりじゃないですけど（笑）。

「ズルしてる」小説の特徴

若林　失礼ですけど、今の話を聞いてて、いろんな作品が思い浮かんじゃいましたね。**「あ、あそこズルしてるな」**って。

西　いらんこと言っちゃった！（笑）

若林　読者はズルとは思ってないけど。

西　本を閉じたときに「うーわ、こんなめちゃくちゃな設定やのに、最後まで信じさせてくれた！」みたいに思う小説って、あるじゃない？　でも、正直「うん……」ってなる小説もある。読者にそう思わせないようにどうしたらいいかというと、自分が信じられるように書くしかない。

若林　亡くなった人の気持ちをどうやって知るかという場面で、「**あっ、日記書いて**

たことにしちゃったか」って思ったことがあるなあ。

西 日記あったんかい！（笑）

若林 あと、「この人の職業、それにしちゃったかあ」って思ったり。

西 「画家かあ……」みたいな（笑）。

若林 でも、人それぞれだから。それでばっちりくる人もいるから。

角田光代の斬り方

西 超スーパーオーソドックスな題材ばかりを使って信じさせてくれる人もいるの。本気で信じて書いてらっしゃるんやろうな、というのが伝わってくるから、めちゃくちゃ感動するの。いちばん難しいことをされてるなって。

若林 踏み込んで中身を厚くしてないと、作品として成立しないんですよね。だから僕はサンドウィッチマンさんが大好きなんですよ。すっごく尊敬してるんです。設定が「**ピザの配達**」とかであんなに面白いから。腕がもう尋常じゃない。

西 角田さんの小説もそうです。穂村弘（ほむらひろし）さんが角田さんの小説を評していらして。最初の一文で「これは〇〇さんの作品だ」ってわかることってあるよね？ 設定や文体がぶっ飛んでたりして、**最初の一太刀でガッサーンと斬られる小説**。それももちろんかっこいいんだけど、角田さんの小説って、正直何ページ読んでもびっくりしないの。全部、知ってる言葉で書かれている。穂村さんがおっしゃるには、「**角田さんの小説は、受け止められる刀**」なんやって。でも「角田さんには、受け止められてから、ググ、ググググ、よいしょ、よいしょ、ザクーって押し切るすごさがある」って。それ、めちゃくちゃわかるの。最初の一太刀もかっこいいけど。サンドウィッチマンさんもそうでしょ？

若林　俺もやってみたくなるね。**春日という太刀**でググッと（笑）。「**葬式**」という設定で押し切る。

西　見てみたい（笑）。

今回の「ご本、出しときますね？」

ズルしたくない人にオススメの一冊

若林 じゃあ、ズルをしないおふたりに、ズルしちゃだめだなと思わされるような、「ズルしてない小説」を教えていただきたいです。

角田 たくさんありますよ。

西 **「ズルしてる小説」**はダメですよ？ いろんな方々を敵に回すことに……。

若林 それはね、**カメラが止まってから朝井リョウくんと話しましょう**（笑）。「ズルしてない小説」、ありますか？

角田 開高健（かいこうたけし）の小説ですね。ズルどころか、もう、すごいですね。

若林 一冊挙げるとしたら？

角田 『輝ける闇』。ベトナム戦争のルポルタージュをしに行って、現地で自分が見聞きしたことを書くんですけど、戦争だから巻き込まれちゃって。でも、そこから逃げないんです。その逃げなさがすごい。それに、言葉遣いもすごい。ひとつのことを表現するのに、ものすごく装飾をつける。**バター**のようなんです。しつこい。フランス料理のような感じ。そんなに言葉を使ってでも表現したいことがあるんだな、と思いますね。

若林 というわけで、本日のオススメは『**輝ける闇**』。

『輝ける闇』
開高健
新潮社（新潮文庫）

特別鼎談

尾崎世界観 × 光浦靖子

他人に寛大になりたい人に オススメの一冊

ご本、出しときますね?

尾崎世界観
（おざき・せかいかん）

1984年生まれ、東京都出身。2001年結成のロックバンド「クリープハイプ」のヴォーカル、ギター。多くの人から言われる「世界観が」という曖昧な評価に疑問を感じ、自ら「尾崎世界観」と名乗るようになる。2012年、アルバム『死ぬまで一生愛されてると思ってたよ』でメジャーデビューし、日本武道館公演を行うなど、シーンを牽引する存在に。男女それぞれの視点で描かれる日常と恋愛、押韻などの言葉遊び、そして比喩表現を用いた文学的な歌詞は、高く評価され、独自の輝きを放っている。2016年に半自伝的小説『祐介』を刊行。

光浦靖子
（みつうら・やすこ）

1971年生まれ、愛知県出身。幼なじみの大久保佳代子とお笑いコンビ「オアシズ」を結成し、1992年にメジャーデビュー。数々のバラエティ番組に出演する一方で、エッセイやコラム等の執筆活動も盛んに行う。「読書芸人」としても活躍中。著作に『男子がもらって困るブローチ集』『子供がもらってそうでもないブローチ集』『靖子の夢（ブローチ集）』『傷なめクラブ』『世界で一番乙女な生きもの』『お前より私のほうが繊細だぞ！』など多数。

若林 今回は**書籍特別鼎談**。光浦さんとは何度も本業でご一緒していますが、今回は「作家」としてトークしてくださいね。

光浦 そんなのねえ、無理よねえ。私にゃ無理無理。

若林 わはは。そして、尾崎世界観さん。はじめましてですね。お互いに。

尾崎 はい。

光浦 私は尾崎さんに会うの、とても楽しみにしてたの。清水（しみず）ミチコさんが、尾崎さんのモノマネをするんだよ。コロッケさん（のモノマネを見て）からの、美川（みかわ）憲一（けんいち）さんって感じでさ。

尾崎 恐縮です。

若林 この三人の人見知り感、すげえなあ（笑）。とにかく、頑張りましょう。まずは最初の質問です。

若林 ふむ。尾崎さんはかなりの読書家ですよね？『祐介』を読ませていただいてそう思いました。

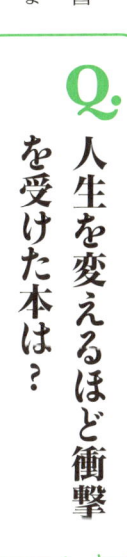

Q. 人生を変えるほど衝撃を受けた本は？

＊『祐介』……尾崎世界観の処女作。本人の青春が凝縮された半自伝的小説。

若林　『祐介』は尾崎さんの半生を描いているんですよね。光浦さん、あれを読んだら思い出しませんか？　自分が若手だったころ。

光浦　本人を前にして言うのもなんだけどさあ、あんな人がそばにいたら、困っちゃう。

若林　本人を前にして言うのもなんですけど（笑）、**困るというよりイヤですよね。**尾崎さん、ありますか？　衝撃を受けた本。

尾崎　町田（まちだ）康（こう）さんの『くっすん大黒』ですね。大黒を捨てようとする話です。

若林　それは何歳くらいのときにお読みになりました？

尾崎　十代ですね。

若林　じゃあ、中高生のころから本が好きだったんですね。

尾崎　小学生のときから小説を読んでました。親に買ってもらえるのが小説だけだったんですよ。小説だけ「買って」と言ったらそのまま買ってもらえたので。とにかく、なにか親に買ってもらいたくて。

若林 小説だけが許されてたんだね。おもちゃとかはダメ？

尾崎 ダメでしたね。だから小説を好きになるしかなくて。

若林 じゃあ、町田康さんは中学生のときに読んだんだ？

尾崎 高校を卒業したばっかりのときですね。ちょうど、自分がバンドで食っていこうとして、だけどうまくいかなくて。これからどうしようかなというときに、すごくはまりましたね。

若林 町田さんの小説は、エッジが利いてるんですよ。ドカンと自分のなかに響いてくるものが多い。当時の尾崎さんにも刺さったんですかね。

尾崎 **登場人物が、自分の身代わりになってくれるような気がしたんです。**どいつもこいつもめちゃくちゃな方向に行くんですけど、だからこそ、自分が許された気分になりました。「このまんまでいいんだ」って。

若林 わかるなあ。ちなみに、小学生のときはどういう小説を読んでたんですか？

尾崎 背伸びをして、群ようこさんを読んでました。

若林 小学生で？　児童書じゃなくて？

尾崎　一応、親に気を遣っていたから、薄くて安いやつを選ぶんです。そうなると文庫になって。四百円くらいの文庫です。

若林　偉いな。『祐介』は処女作ですよね。執筆に、それまでの読書が活かされましたか？

尾崎　「全然足りないな」と思いましたね。だから、書きながら読んでいました。読んで、頭に入れた分だけ紙の上に出して、という感じです。書いているときが、今までいちばん本を読んでいました。

若林　『祐介』は、描写の引き出しもあるし、実感を持って読めたんだよな。だから、かなり本を読んできた人なんだろうなと思ったんですけど、まだ足りないと。

尾崎　かなり落ち込みながら書いていました。だめだなあって。

光浦　ねえねえ、あれって、ご自分の部分入ってます？

尾崎　入り口は僕自身のことなんですけど、あとは過剰に書いています。

光浦　過剰に？　ああ、よかった。

光浦、尾崎を心配

若林 光浦さん、いつも心配しながら本を読んでますもんね。作中の描写が激しいと特に。「**この作家さん、大丈夫かしら**」って（笑）。俺はね、『祐介』の、特に最後が好き。まさか、ああいう感じで書かれるとは。熱量がドン！ と来るラストで、何度も読み返しました。

光浦 ラストがあって、私「よかった」と思ったもん。

尾崎 読んだ人からは、たまに「意味がわからない」と言われます。

光浦 わからなくてもいいんじゃないかなあ。あのラストがあって、私はよかったと思う。

若林 僕ら芸人も、安アパート暮らしで、バイト漬けの生活で……っていう、『祐介』の苦労はよくわかるんですよ。バンドマンも大変なんでしょうね。

光浦 チケットノルマもあるもんね。

尾崎 まあ大変でしたね。あのころは、アパートの屋上から小便をしていたんです。水道を止められちゃうから、そこでするしかなくて。申し訳ないなと思いながら、洗濯物を干す、共用の屋上みたいなところの隅っこで。

光浦 水道を止められるのはなかなか大変だね。

尾崎 水道はなかなか止められないですよね。

光浦 命に関わるからね。なかなか止めないらしいよ。

若林 水道と電気を止められると、**国に「お前に水道、電気を使う権利はないんだぞ」と言われた感がありますよね。**ズンと来る。

尾崎 しばらくは水道の蓋をポコって開けて、元栓をひねって水を出していたんですけど、それもバレて、蓋を針金で固定されちゃって。仕方なく二リットルのペットボトルに水をいっぱい汲んできて、それをタンクに入れて流していました。水道業者と戦っていましたね。今考えると、ひたすら申し訳ないですけど。

「叫び声」アパートは家賃でわかる?

若林 「隣の住人の叫び声が聞こえてくる」アパートなんですよね?

尾崎 たまに聞こえてきましたね。

若林 家賃は三万二千円くらいですよね? これ、都内アパートあるあるだと思うんですけど、**家賃五万円以下くらいから、叫び声が聞こえますよね。**俺の住んでたボロアパートも、しょっちゅう「ワアアアアアア！」って叫び声が聞こえてきた。

尾崎 五万円以下。そんな基準があったんですね。

若林 うん。六万円のアパートに住んでから聞こえなくなったからね。五万円以下のアパートには、**カクヤスに注文してる酒が毎朝届く住人**もいたなあ。

光浦 先輩の家が五万円以下だった！　**夜に先輩の部屋で喋ってると、大家が「ラジオしてんじゃねえ！」って叫ぶの。**そのたとえが面白くてさあ。一旦静かにしても、また少し話すだけで「**またラジオ〜〜!!**」**って大家の絶叫がこだまする。**

若林 それは静かにしないといけませんね。

光浦 大家がオリジナリティ出してきてるからね。

尾崎 センスあるなあ。

寝るとリセット？

若林 じゃあ、光浦さんは？　衝撃を受けた本。

光浦 人生を変えるほどはございません。変えられない。

若林 「こういう考え方があるのか」とか「面白いな」とは思う？

光浦 思う思う。毎回思うし、寝るまでは大興奮してるし。そりゃあ「革命を起こしてやろう！」と毎回思うよ。でも、朝に起きるといつもの自分に戻っちゃう。

若林 光浦さんって、ほんわかしてるけど意外と強情ですもんね。

光浦 テコでも動きませんから、はい。

若林 ううむ、じゃあ、小説を読み始めるきっかけになった本はありません？

光浦 覚えてないんだよなあ。

若林 今じゃ相当な読書家なのにね。いつごろから読み始めたんですか？

本で人は変わらない？

光浦 通ってた小学校は、学級文庫を片っ端から読むのがノルマになってて。尾崎さんトコと違って、うちは本も買ってくれなかったもんで、あたしにゃ図書館しかなかった。図書館の本を、面白いのにぶち当たるまで片っ端から読む。で、中学・高校は一冊も読まずに、大学生になって、芸人やってからお金に余裕ができはじめて、それでもう一回本を。

尾崎　中学・高校時代は本を読まなかったんですか？

光浦　読まなかったんだよな。読みはしたんだけど、読みたくて読んでなかったんだよ。「やっぱ純文学だべ？」ってドストエフスキーを読んだり、**坂口安吾を、「堕落」っていう言葉かっこいいなって思って読んだり**とか。正直、全然わかってなかった。

若林　小説をじっくり味わえるのは、売れてから、自分の価値観のベースができてからですもんね。

光浦　そうそう。こういう世界に入っちゃったら、**本より実生活のほうが奇なり**みたいなことになっちゃったもん。

若林　うんうん、わかる気がする。

光浦　だから、本を読んで考え方に影響は受けても、今から人生は変えられないです。

若林　なるほどね。面白い本はたくさんあったけれど。光浦靖子という人間が形成されちゃったあとですからね。

Q.ライバルはいますか？

尾崎　上がったり下がったりする世界だから、ずっとライバルという存在はいませんね。

若林　ちょっと気になったりはするけど、ずっと「こいつには負けない！」っていうのはない？

尾崎　いませんね。欲しいです。

若林　フェスや対バンで他の人の演奏を見て、嫉妬したりは？

尾崎　僕、基本的に誰に対しても**「ミスれ！」**って思ってます（笑）。

若林　正直だなあ（笑）。どんなに仲がよくてもね。でも芸人でも……。（光浦を見る）

光浦　「滑れ！」って。

若林　思うね。**俺、南海キャンディーズにいつもそう思いますもん。**

尾崎　そっちのほうが優しくできると思います。「あとで優しくしてやるからミスれ！」

光浦　「ウケるな！」っていう呪いは結構ありますね。「滑れ！」よりも「ウケるな！」

若林　それ、いちばんダメでしょ。

尾崎　ダメですかねえ、僕はフェスでも音楽番組でも、調子が悪いときは楽屋で耳栓をしています。歓声が聞こえないように。自分のときよりも大きかったら嫌なので。

バンドマンに「先輩」はいる？

若林　尾崎さん、まだ三十二歳ですけど、下積みは長いもんね。バンドを始めたのは？

尾崎　十七のころです。メジャーデビューするまでは十年くらいかかりました。

若林　芸人は先輩のネタを見たりして、「ああいう風にやってみようかな」と学んだりするんですが、尾崎さんにそういう先輩はいたんですか？

尾崎　デビューする前、ライブハウスにノルマでお金を持っていかれたりして苦しいときに、いろいろ教えてくれる先輩はいました。打ち上げでの無茶苦茶な飲み方とか。昔は酒を飲めなかったんですけど、毎回朝まで無理やり飲まされて飲めるようになったりとか……。結構楽しかったですね。いろいろな過ごし方を教えてもらいました。

光浦靖子にライバルなし

若林 光浦さんのライバルって？

光浦 誰だろう。大久保さんかな？　でも、ライバルって感じでもないし……。

若林 大久保さんに嫉妬はするんですか？

光浦 **嫉妬はないけど、失脚しろって思ったことは二、三回ある。**

尾崎 そっちのほうが怖いです！

若林 へえ、光浦さんでもあるんですね。

光浦 周りがすごいV.S.の形にしたがるんだよ。女のコンビって。昔、オセロがそういう感じになって、みんながトピックにしたじゃない？　あたしたちはどっちの気持ちもわかるし、彼女らも仲は悪くないのに、周囲がそう仕向けるのよ。

とかく**「女のコンビは険悪であれ」という世間の期待があるの。**「喧嘩してください」「嫉妬してくださいい」って、すごいの。

若林 大久保さんが、毒舌キャラで脚光を浴びはじめた時期があったでしょ？　そういうときに嫉妬は？　「負けないように自分もキツめのことを言わなくちゃ」とは思わなかったんですか？

光浦 思わないよ。オードリーもコンビじゃん。「そっちがそういうキャラでやっていくなら、こちらのそのキャラ、全部さしあげます」ってならん？　絶対にキャラが被らないように。

若林 確かに「被らないようにしよう」とは思いますね。でも、インタビューを読むと、尾崎さんはバンドメンバーのなかで、カリスマみたいな感じになってますよね。

尾崎 確かに、メンバーはあまり出てこないですね。

若林 尾崎さんに対して他のメンバーが、「いやいや尾崎、ここはこうじゃない？」みたいなのはないんですか？

尾崎 全くないです。僕が入った瞬間に空気がピリッとなります。

若林　メンバーは和気藹々としてるんだけど、尾崎さんが入っていくとピリッとするんだ。

光浦　私はそれでいいと思う。どっちかだと思う。**対等か、百対〇か。**

尾崎　コンビが羨ましいんですけどね。対になる人がいるというのは。

光浦　対かあ……。もはや共闘していかないとさ。私たち、敵が多いから。**やっぱりママドルだよね。永遠のライバルは。**

永遠の敵＝ママドル？

尾崎　ママドル？

若林　どういう意味ですか？　ママドルがライバルって。

光浦　アイドル時代は男にモテて→そして金持ちと結婚します→可愛い子どもを出産します→その後もまだまだ仕事やって。**この期に及んで洋服まで売りたいか!?**

若林　ちょっと光浦さん大丈夫？　落ち着いて、落ち着いて！

二十年間××にロケ

光浦 連中は、永遠の敵ですね。

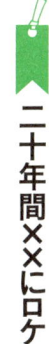

若林 言われてみればそうですね。結婚して出産して、子ども服をプロデュースしたりなんかして。

光浦 **まだ手に入れたいか⁉**

若・尾 （笑）

光浦 **私たちは永遠にお嫁さんになりたい一本でここまで来とるもんで。**芸能界も飽和状態で、それぞれのタレントが出し方、見え方、手を替え品を替え……の中で、オアシズは相変らず古臭いストロングスタイルで来てるもんだから。だけど、ママドルが許される時代が来たわけじゃん。結婚した元アイドルがテレビにも出られる。「ママなのに可愛くて、まだまだ恋愛対象で、だけど同性にも憧れられる存在☆」なんて、今までなかった職業でしょ。だけど私たちは、このストロングスタイルの、古き良きプロレスラーみたいなのでもうちょい引っ張ってみようとしてるの。それも面白いかなって。

若林　確かに光浦さん、そこ一本でやってるなあって尊敬しますね。
光浦　こちとら二十年、縁結びの神社お参りのロケだよ。二十年やっとるわ。
若林　ことあるごとにそういう企画が来るんですか。
光浦　**旅ロケのときは、必ず縁結びの神社に行かされる。**
若林　そういや、毎年観るなあ……いやいや、おつかれさまです。

Q. 運命の恋を信じますか？

若林　これは編集者さんからの質問ですね。どうしてです？
編集者　映画界、そして我々出版界を席巻した『**君の名は。**』に涙した人たちが、口を揃えて「**運命の恋はあるんだ！**」と力説するんです。運命の相手がどこかにいるはずだと。お三方はどうなのかな？　そういうのは信じるのかな？　と気になりました。
尾崎　信じていませんね。（きっぱり）
若林　「これから出会うかも」とも思わない？
尾崎　**反吐が出ますね。**

若林 ほんと、正直だなあ（笑）。よく聞かれると思うんですけど……メジャーデビューして脚光を浴びると、寄ってくる女性は増えますか？

天敵、カシス女

尾崎 モデルみたいな人がライブに来たりします。でも、それもだんだん来なくなりましたね。

光浦 **ちゃんと打ち上げ代取ってくださいね！　あいつらから。**

若・尾 （笑）

尾崎 いやあ、やつらは打ち上げには来ませんね。

光浦 来るよね？　あのモデル崩れみたいなやつ、勝手に。

若林 個人的な怨恨を感じますが、まあ、来ますね。

尾崎 昔は来てたんですよ。カシスオレンジばっかり頼む女が。会計が跳ね上がるんですよね、そいつのせいで。

光浦 やっぱり来るんだ！　そして、その女が『祐介』に活きてるんですね。

尾崎 メンバーで結束して、そいつを絶対に打ち上げに入れないようにしようとしたんです。「アイツ来るぞ、絶対に通すな！」って。

光浦　**「カシス来るぞ！」**

尾崎　でも、どこからか入ってくるんです。**「またカシス頼みやがった……」**。

若林　たとえば『祐介』では、主人公と関係を持つ女性が登場するでしょ？　女性のほうからアプローチが増えると、自分のなかの女性に対する飢餓感が変わりますか？

尾崎　そうですね。多少は変化しました。ガツガツしなくなったし、しちゃいけない気もします。でも、向こうからのアプローチなんて、ほとんどないですね。

若林　うんうん、意外とないんだよね。

尾崎　メジャーデビューしてから、びっくりするくらいわかりやすく、アクセサリーを忘れていかれるというのはありましたけど。

光浦　どこに？

尾崎　僕の部屋です。「忘れちゃったんだけどあるかなあ？」って。めっちゃでっかい十字架のピアスがベッド脇にどーんと置いてあって。「こんなの忘れるか？」みたいなのが。二個置いてあるんです。せめて一個にしろよって。

光浦　二個のほうは本当に忘れたんじゃない？　一個忘れるはないもん。一個着けた段階で思い出すもん。一個のほうが確信犯っぽい。

尾崎　ええ〜……怖いです。

信じない尾崎、一方の光浦は

若林　尾崎さんは、運命の恋は「反吐が出る」と。光浦さんは？

光浦　**信じてますよ。**

若林　**ふざけんなって言っちゃいそうになりましたよ。**

光浦　ほら、だって、運命ってご縁だから。誰かと知り合うご縁くらい信じたっていいじゃんかよ。**こちとら二十年お参りもしてんだからよ。**

若林　でも、そんな出会いが急にあります？　想像つかないなあ。じゃあ、光浦さんの内面にすごく興味を持つ男性が現れたとして……光浦さんも、ナイフとフォークで飯食ったりしてるんですか？

光浦　ナイフとフォークで飯食ったりはないな。そこまで行かないな。居酒屋で一回デートくらい。

若林 相手にすごく興味を持たれたとしたら？　光浦さんが、「ああ、この人は私に興味があるんだな」って気づいたとする。そして、会話も盛り上がって面白かったとして、ありのままの自分を見せますか？

話は変な方向に……

光浦 うーん。私、**面白さとエロスは両立しないの。**若林くんも同じタイプだったよね？

若林 そうなんですよねえ。**気が合いすぎるとエロスは下がっていく。**口では「同じ価値観、同じツボを持った相手と出会えないんだ」って偉そうなことを言っておいて、いざ話が合うと抱く気にならない……つまり、どうしようもない話なんです（笑）。

尾崎 それって、ちょっと変な話ですけど、**ギャルのAVを観たくなるのと近い気持ちですか？**　自分の嗜好とは全くかけ離れた相手にエロスを感じる、みたいな。

若林 ほんとに変な話だな（笑）。

若林的・ガールズバー論

若林 俺、ガールズバーが好きで、それも、中野より西のガールズバーが好きなの。明大前とか永福町とか。渋谷とか六本木は女の子のレベルが高いんですよ。そのへんは、みんな地方から勝負しに出てきた、代表選手みたいなのが集まってる。だから、俺は強気になれないんです。代表たちの前では、卑屈になっちゃうの。でも、中野から西だと、強めに出れる俺がいるんですよ。**立場的に、トントンだから。**

光浦 若林くんは弱いのか意地悪なのかよくわかんないな。

若林 **永福町のガールズバーに、すごくリアリティーがある**んですよ。

尾崎 代表選手じゃないから。

光浦 失礼な話じゃのう。

結婚相手は×××が合う相手？

若林 尾崎さんも、結婚はまだ考えないですよね。

尾崎　全然、考えていません。

若林　『君の名は。』的に言うと、「まだ出会えていない」わけね。

尾崎　いやあ……まだまだそんな時期じゃないし、そもそもしたいかどうかも、どう相手を選べばいいのかもわからないです。

光浦　私たちは**「セックスが合うのがいちばんいいんじゃないか」説**を提唱しております。

尾崎　えっ。

若林　まじで、いるんだって。一日の仕事を「今日嫁を抱くぞ」で頑張れる人が。

尾崎　それ、いちばんいいですね。

光浦　健全だよね。「嫁を抱くぞ！　ご褒美だ！」って。

若林　尾崎さんはどうですか？　めちゃくちゃ話が合って、価値観がばっちり合うアーティストと付き合いたいと思います？

尾崎　昔はそんなことを考えてましたね。お互い表現者で、同じところを目指して、切磋琢磨できたらいいと思ってたんですけど……。まあ、価値観がズレていればズレているほど、セックスは合うんでしょうね。

光浦 話なんかしなくていいんだもんね〜。

若林 すごい話題になりましたね！ **運命の恋、『君の名は。』から「セックスが合うっていいよね」って！** 中高生がみんな涙してる『君の名は。』からですよ。

光浦 いやいやちょっと待って、あたしゃ運命は信じてますよ！ **運命の人がすごくセックス合う人かもしれないって話ですよ。** いつ出会うかはわからない。

若林 まだ、出会いの可能性はあるぞということですよね。

光浦 私、価値観だとか、「これがいちばん大事」っていうのは決めてませんから。まだノーガードでいますから。

Q. もし小説を書かれるとしたら、自分をモデルにしますか？

若林 尾崎さんは、次回作を書きたい気持ちはあるんですか？

尾崎 正直なところ……今はそんなにありませんね。

若林 そのうち出てくるかも？

尾崎 書かないとダメだと出版社の人たちに言われますね。「一作書くくらいは、誰でもできる」って。

若林　次回作を書くとしたら自分をモデルにします？

尾崎　変えたいですね。次回は、別の人のことを書きたいです。

若林　作家さんは全く知らない職業の人のことを書くとき、取材をするんですよね。『祐介』に出てくる主人公以外のキャラクターは、取材しましたか？　それとも想像？

尾崎　いろいろと観察はしましたけど、結局自分を書いてるんだなって思いましたね。その人を通して、自分の気持ちを書いている。悪い言い方だと、愛情はない。自分のためにその人を使っているという感じ。そういう気持ちで書いていますね。

若林　じゃあ、光浦さんはどうですか？　エッセイも出されてますし、出版社から「今度は小説を書いてください」って依頼もあるでしょう？　作家・光浦靖子はまだですかね。

光浦　昔、依頼をいただいて、書きはじめたの。でも、すぐに気づいたの。言いたいことがない。何枚か書いて、「あれ？　言いたいことないわ」。素直に編集者さんに「言いたいことがありませんでした」って謝って、そしたらまた何年後かに別の出版社から「小説を書いてください」って。で、書くでしょ。そして、「あれ？　言いたいことないわ」って。二回もあるのよ。

言いたいこと、ある？

若林　光浦さんの今の話、俺、切実に響いてくるの。二十代って、売れてない、仕事ない、金もないから、ファミレスのドリンクバーで誰かの悪口言ってるしかなかったんですよ。でも、テレビに出はじめるといろんなところへロケに行って、アワビのステーキ食ったりする。**全部ファーストタッチだったから、世の中のいろんなことに対して「なんだこんなもんか」っていう気持ちが湧いてきて、卑屈なエッセイをすらすら書けたんです。**三年くらいはね。だけど、最近ぱったり言いたいことがなくて。書くのにめちゃくちゃ時間がかかるようになっちゃった。

光浦　私は、エッセイを日記がわりにしてる。言いたいこと、考えてることを書くというより、私の日常を、ウンコしてるあいだにフフンって笑ってくれれば、時間つぶしてくれればいいなっていうのを目標に。

若林 もともと違和感や怒りをエッセイにするタイプじゃないですもんね。エッセイにもいろいろあって、ふわふわ散歩していたり、ああ、いい話だな～みたいなものを書く人もいる。そういうエッセイ書きたいんですけど、難しいですね。

光浦 私も、それはできないな。自分に降りかかった災難をわかりやすく面白く噛み砕いて書くのがエッセイだと思ってやってる。とりあえず二十年間、誰からも注意されてないからいいんじゃない？ って開き直って。

若林 でも、この業界にいれば、加齢とともに、怒りや違和感とか、初めて見る驚きが減ってくるでしょ。かといって、アメリカの資本主義に怒るわけにもいかないじゃないですか。

尾崎 その「間」が確かに難しいですね。政治的なところに行く人もいますし。

若林 間があったらいいですけどね。

尾崎 曲をつくるのも同じですね。今、言いたいことがなくて、苦労しています。

苦しむ歌手が行く場所は

若林 二十代のころはあった？

尾崎 昔は「売れたい！」という気持ちでいくらでも書けたんです。「バイト辞めたい！」という気持ちとか。

若林 エネルギー源はそこですもんね。それがだんだん減ってくる感覚があるの？

尾崎 ありますね。どんどん減っていって、行きすぎると政治的なことを……。**政治的なことを言いはじめるときと、宇宙のことを歌い出すときのがっかり感、**僕はよく知ってますから。好きなミュージシャンがそうなったときは本当に落ちこみました。ファンに、そういう思いはさせたくないなって思います。

若林 確かに、ずっと聴いてたミュージシャンが宇宙と政治に行っちゃったときに、「ああ行っちゃったな」って思うね。

尾崎 **だいたい、なんか星に行きがち。**

光浦 行くなあ、みんな行くよ。

若林 やっぱり、怒りや反逆がなくなっちゃったんだろうね。

尾崎 そうですね。それがいちばん怖いです。

若林 利他的な、それこそファンのところにすすすって寄っていく歌手もいますもんね。

光浦 ああ、**頑張れソング？**

若林 急に安っぽくなった！

光浦 いや、安くしてないよ！　みんな好きなんでしょ？　頑張れソング。

若林 もしかしたら三十代は過渡期なのかもしれないね。

尾崎 そう思います。言いたいことが、また出てくるといいんですけど。

若林 そう考えると、小説家にもずっと言いたいことがある人、いますよね。全然パワーが衰えない人。逆に、「ちょっと今息抜きしてるんだろうな」っていう作品を書く人もいますよね。児童書っぽい感じのものを書いたりさ。

尾崎 「ずっと言いたいことがある」って、本当なんですかね。

若林 自分でつくりだしているのかもしれない。だけど、あまりに人工的だとばれちゃいますからね。

マイルール

これだけはする、これだけはしないと自分に課している〝ルール〟。
そこに秘められたそれぞれの人生哲学とは？

「人にされて嫌なことをしない」
光浦靖子

若林　これはシンプルというか、普遍的というか。

光浦　普遍的でしょう。「人にされて嫌なことをしない。喜ぶことだけをやってあげる」。私は小さいころからずっと、これが正しいし、優しいと信じてたの。でもここ最近、「あれ？　人それぞれだな」って思うようになった。私はされて嫌じゃないことを他人にしたら、意外とそれで怒られたりね。ああ、このルールって、結構自分本位だなって気づいたの。私は自分の誕生日に、**電気が消えて「ハッピーバースデー！」**をやられたらすごく嫌なの。だから他人にもやらないであげてるんだけど、やってほしい人はやってほしいのね。

「正義のライン」？

若林 人にはそれぞれの正義のラインがあるもんね。特に我々のような芸人だと、相手をいじる度合いには気を遣いますよね。いじられて嬉しい人と嫌な人がいるから。「この人はこういうキャラで売ってるし、いじっていいだろう」と思っていじってると、「あ、今一瞬嫌な顔したな」みたいなこと、結構ある。

光浦 ね。私たちみたいな女芸人はさ、MCとか、番組の中心人物がこちらをいじってくれたらとってもオイシイわけよ。「ブス」でも「モテない」でも「メガネ」でもさ。なんて優しい！　って感謝するわけ。だけど、それを一般のところに持っていくといじめになっちゃうの。傷つけちゃう。

若林 そのラインの見極めは難しい。あとはシチュエーションですね。光浦さんにはされて嫌なことはあるんですか？　ケーキのサプライズ以外に。

光浦　日常生活でも、「この人に目を見られておはようございますって言われると嬉しいけど、この人に言われると嫌な気持ちになるな」とかあるわけよ。それってほんとに微妙な関係性だったりするわけよ。同じ痛みがわかる同士、つまり芸人同士だったら嫌じゃないんだけど、初対面のスタッフさんが顔の前にガッて入りこんで「おはようございます！」って言ってきたら……。目を見て「おはようございます！」って言ったあと、もう一回その目の奥を見て「おはようございます！」って言おうとする男の人とかいるじゃん。そういうの、ほんと嫌なわけよ。

若林　「そこまで見ないで」って。

光浦　だから私は、できるだけ目を見ないように、ぼやっとした感じで「おはようございまーす」って挨拶するの。こちらは気を遣ってるつもりなんだけど、「ちゃんと挨拶してない」とか「無視したに近い」って言われることもある。だからさ、「人の目を見て挨拶しましょう」なんて、小学校で教えちゃいかんなと思うよ。人それぞれだからね。

若林　その正義のラインは、大きいテーマですよね。本人にとって正義でも、それが他人を損ねちゃうことがある。戦争とかさ。じゃあ尾崎さんは？　バースデーケーキをサプライズで持ってこられると、どうですか？

ライブのサプライズ、どう乗り切る？

尾崎　十一月九日が誕生日なんですけど、東京でライブをするんです。
若林　おっ？　そりゃサプライズがあるでしょう、もちろん。
尾崎　最悪ですね。「死ぬってわかってて行く」気分です。
若林　うくく。そりゃ辛いね。
光浦　じゃあさじゃあさ、ライブの最中に電気が消えて、尾崎さんが「あれ、なんで？　次の曲やんないの？」って思って、おもむろにファンがペンライトを一斉に振り出したら？
尾崎　最悪ですね。
若林　やんなきゃいけないしね。用意してくれた人に申し訳ないから。
光浦　そこはちゃんと乗っかれますか？　それとも怒っちゃいます？　客前で。もしもそうなった場合。
尾崎 どうしたらいいですか？　相談させてください。確実に来るんですけど……。
若林 **俺はねえ、用意した人が嫌な気持ちになるくらい喜ぶフリ**します。
光浦 それはそれで厭味。
若林 「うれっしー！　絶対今年はやってほしかったんですよー!!」みたいな。
光浦 「みんなありがとー！　天下とろうぜ！」
尾崎 やってみます。
若林 みんな「尾崎さん、どうしちゃったの？」ってなるかもしんないけど。
光浦 ねえ、**ほんとのゲロ吐きません？**　吐こうぜ。一瞬でほんとのゲロを吐くって、やっぱりいちばん面白いじゃん。
若林 「いちばん面白いじゃん」って。こんだけキャリアある人が。面白いよね、ゲロかよ！
光浦 私、カメラが入ってる飲み会の席で、本当に飲みすぎちゃったの。でさ、びっくり情報を「えぇー!?」ってただ驚くだけのシーンを撮るときに、ほんとにゲロ吐いちゃったの。もちろん使えなかったんだけど、ディレクターにすごく褒められた。「やっぱり驚いてゲロはいちばん面白いね！　使えないけど！」って。

ライブ当日、やはり歌われてしまいました。「おい……おい……」で乗り切りました。（尾崎）

若林　確かに、生理現象って面白いですよね。『祐介』を読んでて過去の自分を思い出したんですけど……仕事がないと鬱憤が溜まるでしょ？　でも、金がないから散歩するしかなくて、髪をビショビショに濡らしてから散歩に出てたんです。どうして髪を濡らさなきゃいけなかったのかは、未だにわかんないんだけどさ。で、ずっと、**通り過ぎるセレブが連れてる犬を指差して、「あ、雑種だ」って言いながら散歩してた。**それをしないと己を保てなかったんだろうなと、今になって思いますね。

光浦　悪い子だね。暗い喜びだ。

若林　どうすればよかったのかなあ？　「雑種だ」って言わないために、**どういう喜びをあの経済状況であいつに与えてやれてればよかったのかな。**マラソン中

毒とかになってればよかったのかな。テレビゲームとか？　どうしていれば、
自分もセレブも、犬も傷つけずにいられたんだろ。

尾崎　過去の自分の愚行って、こうやって話すと救われますよね。怨念や執着が成仏するというか……。僕も**「今、俺は水道を止められて、屋上で小便してるけど、将来、絶対に売れて、これをテレビのインタビューで話してやる」**って決めていました。それがモチベーションになっていました。

若林　それ、すごく素敵なモチベーションだよね。

光浦　早いうちから俯瞰の目があったんですね。

若林　それは若いバンドマンの希望になるかもしれないね。芸人にも。

マイルール

「風呂に入る前に布団に入らない」尾崎世界観

若林　意外だなあ、屋上から小便しちゃう人が（笑）。

尾崎　いや、部屋が綺麗なわけでもないんです。ただ、飲んで帰ってきて「今日はこのまま布団に入っちゃおう」なんて、絶対に無理ですね。布団をマメに干したりもしないんですけど……とにかく、外からの汚れを家に入れたくないんですよ。

光浦 一緒、一緒。

尾崎 古い布団を、ベッドの手前に二軍の布団として置いて、飲みすぎて気持ちが悪いときや、どうしても風呂に入れないときにそこで寝ていました。

若林 二軍の布団がある。

尾崎 そう。でもときどき、風呂に入らずに、そのままベッドに座ってくるやつがいるんです。それがもう無理で！　あとは、女子が「じゃあ帰ります」ってときに、着替えて、外から着てきた服で、**「でも電車までまだ五分くらいあるから」**ってベッドに座ってくる瞬間がすごく嫌なんですよ。「あ〜〜！　もう、そこ、座らないで！」って叫びたくなる。

光浦 やつら、その服で公園のベンチとか座ってましたからね。おっさんとかが寝てたベンチに。

尾崎 そうそう。そう考えちゃうと、ベッドに入ってほしくない。触れられるのも嫌です。

若林 なるほど。そこまで繋がっちゃうんだ。厄介だなあ。

尾崎 おふたりはどうですか？　そのまま寝れますか？

若林　最近、平気になってきたなあ。そのまま寝ちゃう、ちょっとした背徳感がいいのかも。「寝るぞー、汚いまま。寝ちゃうぞー」っていうのが快感になっちゃってるかもしれませんね。

光浦　なんて小さな背徳感。私は「足を洗ったらシャワーとみなす」こともありますね。足だけは絶対に洗うのよ、母の教えで。尾崎さんには許されないかしら。

尾崎　潔癖というわけではないんですけど、ベッドは特別な気がしてしまって。人の家でも絶対に座りませんね。友達の家に行くときも、一緒に行った誰かがベッドに座ろうとしたら「ダメ!」って言います。自分のじゃなくても。

光浦　それは気遣い。「人にされて嫌なことはしない」っていう。

尾崎　「こっちに座ってもいいんじゃない?」って（笑）。

若林　テリトリー問題もあるしね。尾崎さんはどんな部屋に住んでるの?

尾崎　僕は変な生活をしているから……**冷蔵庫すらないんです**。

光浦　逆にめんどくさいんじゃない?　じゃあ、お料理は一切しないの?

尾崎　しないです。食べるときに買ってきます。

若林　記念のものはとっておくタイプですか?　写真とか。

尾崎　そうですね。壁に貼ったりしています。
若林　おお、意外だな。光浦さんは？
光浦　すげーとっておく。でも整理整頓が嫌いだもんで、開けない箱がたくさんあるんです。引越しと同時に、ただただ永遠に移動しつづける段ボールっていうのがあります。
若林　昔読んだ本は、本棚に入れてとっておきます？
尾崎　友達にあげたり貸したりしますね。酔うと、「うち近いから」と言って本を貸したくなる癖があるんです。「これ面白いよ」って。ほとんど返ってこないんですけど。
若林　へえ、その人に読ませたい本があるのかな。
尾崎　話しているときに、「これ好きだろうな」と考えます。
若林　いいですね、それ。
光浦　それでハマったらもう一回借りに行けばいいもんね。親切便利だ。
若林　尾崎さんに何を勧められるか楽しみですよね。「こういう風に見えてたのか」みたいな。

光浦　ショック受けるかも。

若林　難しいですよね〜。こんな番組やっといてなんですが、「おすすめの本なに？」って聞かれるのが苦手なんですよ。その人が何を面白いと思うかわからないから。

光浦　うんうん、難しいよね。自分を試されてる気もするし。

若林　「本棚を写真で撮って見せてくれ」ってよく言われるの、なんか恥ずかしいのよ。性癖を吐露してるようなもんじゃん。あんまり読書遍歴を知られたくない。

光浦　「CDラック見せろ」と「本棚見せろ」、どっちが嫌ですか？

尾崎　それはやっぱりCDですね。

若林　そうだよね。モロ自分の音楽人生の変遷だもんね。

尾崎　おすすめは？　って聞かれるのは、音楽も本も辛いです。「あそこでこう言ったから、ちょっと変えたほうがいいのか……」とか気にしてしまいます。

若林　わかるわかる。「今年の一冊を！」とか振られても、「いや簡単に一冊って言うけどさ……」って。

尾崎　この前、『このマンガがすごい！』（宝島社）の企画で、おすすめを教えてくれと言われたんですよ。「もうちょっとこういうのを読んでたほうがいいのかな」と思って買いに行きましたね。**五時間くらいヴィレッジヴァンガードで迷って、「あれ、俺なにしてるんだろう」ってばからしくなりました。**

若林 わかるわかる。本だって、ものすごく右に寄ってたり左に寄ってたりするのも、どっちも読むし、ときには宗教関係も入ってきたりするから、「本棚の写メを撮ってきてください」って言われると、そういうやつを本棚から抜かなきゃいけないから大変だよね。

マイルール

「くちゃくちゃ音を立てて食べない」尾崎世界観

光浦　エチケットじゃんよ。ベッドといい……気にしいさんなのかね。

尾崎　そうかもしれないです（笑）。でも、光浦さんの「〝人にされて嫌なことはしない〟の〝嫌なこと〟が、他人にとってはそうじゃないかもしれない」という話を聞いて、ちょっと反省しなきゃなと思ったんです。これ（くちゃくちゃ）が絶対に嫌で、静かに食べるんです。そして、周りにも静かに食べてもらいたいんですよ。あまりにも言いすぎるから、メンバーが本当に静かに食べるようになりました。

若林　聞いてるんだね。言うこと。

尾崎　絶対にそばに寄ってこないんですよ。ちょっと離れたところで食べています。申し訳ないことをしたなと思います。食べていてもおいしくないだろうし。

若林　もしレストランとか居酒屋にご飯を食べに行って、近くにクチャラーがいたら席を変えたいくらい？

尾崎　めちゃくちゃ睨みつけます。**だいたい、そういう人は食った後に鼻をかみますね。**でかい音で。

若林　音に関するモラルのつまみがおかしくなってるんだろうね。

光浦　**私、たまに犬食いするの。**家で、ひとりきりで。そうするとストレス解消になりますよ。

尾崎　えっ……。それはどういう？

光浦　こうさ、くちゃくちゃと……あえて片方の奥歯でしかモノを噛まない。

尾崎　へえ……。ええ……？

光浦　実家の犬の物真似ね。たまにそれをやるとストレス解消になるの。あまりにやることなさすぎたときとかね。他人がくちゃくちゃするのもちょっとだけ譲れるようになるかな。おすすめです。

尾崎　じゃあ、今度ライブの前にやってみます。

若林　バンドメンバーはなんて言うんだろうなあ。尾崎さんがめちゃめちゃ音を立ててたら。リアクション見てみたいですね。

気になる相方の癖

光浦　でもさ、気にしたらキリがないよな。あたしゃもう四十五なんですよ。あんまり細かいことに敏感だと、自分が疲れる。なるたけ鈍化することが一番いいいんだよ。

若林　その境地にはまだ辿り着けないなあ。春日の癖、気になるもん。あいつ、楽屋で弁当食ってるときに、おいしいと感じると、「**うん、うん、うん、うん……**」**って小さく頷くんですよ。**それがまあ、腹が立って腹が立って。お前に味の何がわかんだよっ!?　って気持ちになるな。ワイドショーとか討論番組を楽屋のテレビで観てるときも、自分と同じ考えの人が喋ると「**うん、うん、うん、うん……**」。お前にどんな考えがあるんだよ!?　っていうのを未だに言えないでいます。

光浦　ああ、でも、それはちょっとわかるわあ。大久保さんの歯磨きのタイミングが、ちょっと早い。私がまだ白米を食べているときにさ。**白米×ミントは、NG組み合わせのナンバーワンじゃん。**

若林　言わないんですか?

光浦　言わない。ほんのちょっとのことだもん。

尾崎　だめだ、言っちゃいますね。メンバーのひとりがトイレに行くとき、大のときは必ずお腹をさすりながら行くんですよ。いやいや、ウンコするって別に伝えなくてもいいじゃん、なんでこっちがそんな情報知らなきゃいけないの？　って。

若林 それは尾崎くん、やめろって言うの？

尾崎 先日、言いました。「なんでお前いつも腹をさするの？」って。「いや別にウンコじゃないし」とか言い訳をするんです。してるくせに！　「してただろ？」って言ったら、「いや出なかった」って。

若林 **なんなの、誰も幸せにならないその尋問。**

光浦 じゃあ、大久保さんはいい人だ。私、いつも口に出してるもん。「あーおしっこ行ってこよー」「あーウンコ行ってこよー」って。大久保さん、絶対怒んねえもん。大久保さんありがてえな、いい人だな。

尾崎 大久保さんは無言ですか？

光浦 うん。

若林 だんだんとそうなりますよね。俺も、昔はハラスメントか？　ってくらいダメ出ししてたときもあったんですけど、もう五、六年ダメ出ししてないかな。春日が気にしないっていうのもあるけどさ（笑）。

光浦　鈍くなっていくほうが楽だよね。円滑だよね。

今回の「ご本、出しときますね？」

他人に寛大になりたい人にオススメの一冊

若林　不寛容の代表・尾崎世界観さん。お願いします。

尾崎　お気に入りの本があるんです。村上龍さんの『ライン』。**自分の変わってるところも、他人のイヤなところも、これを読むと受け入れられる。**変人ばかり出てくるので。今日の鼎談もですけど、仕事でもプライベートでも、毎回、罪悪感があるんですよ。「またこういうこと言っちゃったな、俺は変な人間だな」って。だけど、『ライン』を読むと安心します。ああ、俺はまだ大丈夫だなって。

若林　『ライン』は次から次に変人が出てきますもんね。俺もすごく好きな作品です。読んですぐに外に出てみたんですけど、街を歩く人間の全員が、変人に見えますもんね。全員変態なんじゃないか？　って。そこが救いになるというのは、面白いなあ。

光浦　読もうっと。

若林　というわけで、本日のオススメは『**ライン**』。

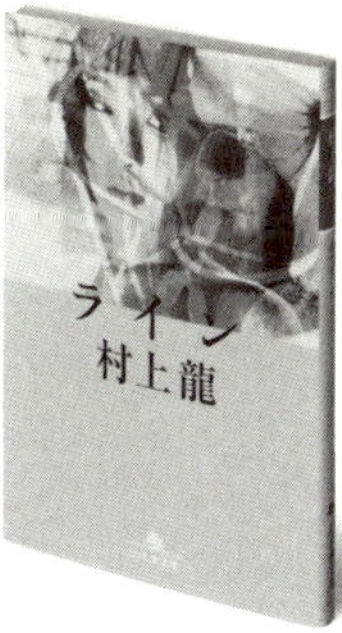

『ライン』
村上龍
幻冬舎（幻冬舎文庫）

おわりに

佐久間宣行（テレビ東京プロデューサー）

「小説家さんとのトーク番組、やれますかね？」

若林くんにそう言われたとき、無理だと思った。今、テレビは視聴者の高齢化が相当進んでいて、比例して番組もどんどん保守的になっている。きっと企画は通らない、そう思った。だからこう答えたと思う。

「やれたら、面白いよねー」

けれど、そんな曖昧な返事をして帰宅したのちしばらくすると、パソコンに向かい企画書を作り始めていた。ブツブツ文句を言いながら。地味すぎるよな、もう少し情報入れないとダメだよな……。グルグル悩んで書きあげた企画書は、シンプルで素材丸出しのトーク番組になっていた。やっぱりそれしかなかったのだ。

できあがった企画書をチェックしながら思った。この番組、数年前の自分だったら絶対にやりたくなかっただろうな。

だって、天才たちに定期的に会うことになってしまうから。しかもバラエティ企画じゃなくてトーク番組だ。天才の言葉をたっぷり聞かないといけないやつじゃないか!

僕はお笑い番組を十年やっている。でも出演者とはめったに飲まない。一年に一度の新年会ぐらいだ。そもそも芸能人と会うのがそんなに好きじゃない。みんなそれぞれに才能があるからだ。そりゃたまに感じない人もいるけど、売れてる人、残ってる人はみんな「違い」を持っている。仕事のときは頼りになる。でもプライベートでずっとそれを見せられると辛い。会っているときは楽しい。話を聴いてゲラゲラ笑っている。だけど帰り道にひどく憂鬱になるのだ。俺、つまんないこと話してなかったよな……大丈夫だよな……とか思って頭がぐるぐるする。なので、たまにでいい。そう思っていた。

特に二十代の頃は嫌だった。ひとつひとつの言動を比べてしまう。才能ある人たちの前でセンスのないことを言いたくなくて黙ってしまう。自分の話す言葉が試されている気がする。誰もそんなこと思ってないのに。

だからそういう場は極力避けた。色んな理由をつけて。代表作を、大ヒット作を作ってからじゃないと会えない、そんな風に考えていたらあっという間に年を取ってしまった。三十代後半。相変わらず自分が好きな人がいる場所はできる限り避けるようにしていた。

そんなときTwitterでダイレクトメールが届いた。歌人で作家の加藤千恵さんからだった。十代の頃から勝手にファンで（処女作はもちろん、加藤さんを初めて知った広告批評二〇〇二年「十代のコトバ」は未だに保管している）アカウントを見つけてフォローしていた。開いてみて驚いた。加藤さんは僕の番組を観ていてくださったのだ。かといって急に連絡してくるその行動力には驚いたのだが、加藤さんはそういう色んな壁を初めからないものみたいに越えていく人なのだ（もしくはバカなのかもしれない）。

その後、何度かやり取りをして、よく会っているという小説家の皆さんとの飲み会に参加させていただくことになった。メンバーを聞いて驚いた。西加奈子・朝井リョウ・中村航……やべえな全部読んだことある作家だよ。二日前くらいからお腹が痛くなってきた。なんとか理由をつけて行かない方法を考え始めた。やめようやめよう。行くのやめよう。そう思っていたのだが断る理由が全く思いつかない。ドタキャンしたらもう二度と会えなくなる。それも嫌だ。ムダに考えた結果、ほんのちょっとだけ遅刻して行った。一番ダメなやつ。

皆さんそれなりに酔ってらっしゃった。でもやっぱり話す言葉は最高に面白くて、聴いてるだけで楽しかった。ゲラゲラ笑った。結構深い時間になって、いつのまにか自分の話になった。話すことがなくて、それから酔っていたこともあって、子ども時代の話をした。うまく言えないけど、自分では不幸話だと全く思ってないのに、今まで誰かに話すと結構引かれて変な空気になってしまった実体験。きっとトラウマだったのだろう。七、八年ぶりに話した。西加奈子さんがゲラゲラ笑った。中村航さんも笑ってた。「あれ？」と思った。もっと話した。みんな笑った。気づくとずっと忘れてたエピソードまで全部話してた。で、心がスッキリしていた。加藤千恵さんが、僕がいちばんトラウマだった名前をネタにして笑ってた。すごく嬉しかった。そのときわかった。そうだ、ずっと笑ってほしかったのだ。それを阻んできたのは僕なのだ。臆せず何でも話せばよかった。どこかに受け取ってくれる人はいる。それを教えてくれた一夜の飲み会が、この番組のきっかけになっています。だからまあ特別な番組です。

言葉の世界で生きる天才たちは、鋭敏である分傷つきながら生きている。この本にはそんな天才たちが傷つきながら摑み取ってきた感覚や思いが、たくさんの笑いとともにちりばめられている。楽しんで読んでいただくうちに、心のどこかが軽くなったりする。そんな本だと思う。なのでぜひ、お手元にずっと置いていていただきたいです。そして、この本を通じて作者の方に興味を持って、小説を手に取ってくださる方が増えるといいなあと思っています。

BSジャパン「ご本、出しときますね？」スタッフ

ナレーター……松丸友紀／構成……佐藤隆輔、永井ふわふわ

技術……五十嵐陽、石毛雄己／EED……横井勇太／MA……長瀬貴広

音響効果……小田切暁／タイトル……金子大吾／CG……山口剛史／メイク……蔵本優花

番宣……大城博章／編成……柳川美波／AD……岡田直美／デスク……山下幸恵

ディレクター……双津大地郎／プロデューサー……露木寛子／演出・プロデューサー……佐久間宣行

ご本、出しときますね？

二〇一七年四月二四日　第一刷発行

編者　BSジャパン
若林正恭
発行者　長谷川均
編集　福丸玲
発行所　株式会社ポプラ社
〒一六〇-八五六五
東京都新宿区大京町二二-一
[電話]　〇三-三三五七-二二一二（営業）
〇三-三三五七-二三〇五（編集）
[振替]　〇〇一四〇-三-一四九二七一
[ホームページ]　www.webasta.jp
[書籍版]
撮影　森豊写真事務所
スタイリング　福田幸生
ヘアメイク　鷹部麻理・小林まさえ
衣裳協力　NOLLEY'S goodman
装丁　木庭貴信＋岩元萌（オクターヴ）
印刷・製本　図書印刷株式会社

N.D.C.914 / 345p / 19cm ISBN978-4-591-15276-8
落丁・乱丁本は送料小社負担でお取り替えいたします。小社製作部宛にご連絡ください。
電話　〇一二〇・六六六・五五三／受付時間は月～金曜日、九時～一七時です（祝祭日は除く）。

i（アイ）

西加奈子

「想うこと」で生まれる圧倒的な強さと優しさ――『サラバ！』（直木賞受賞）から2年、西加奈子が全身全霊で現代（いま）に挑む、心揺さぶられる傑作長編！

ポプラ社　四六判／上製／三〇三頁

かがみの孤城

辻村深月

誰にも言えない。でも助けてほしい——学校での居場所をなくし、部屋にこもっていたこころの目の前で、ある日光り始めた鏡。輝く鏡をくぐり抜けた先の世界には、似た境遇の7人が集められていた。生きづらさを感じるすべての人に贈る物語。2017年5月発売。

ポプラ社　四六判／上製／五六〇頁

リアル・プリンセス

寺地はるな、飛鳥井千砂、島本理生、
加藤千恵、藤岡陽子、大山淳子

鉢かづき姫、ラプンツェル――。人気の女性作家6名が、古今東西に伝わるプリンセス・ストーリーに着想を得て描き出す、個性豊かで小気味良い珠玉の短篇集。

ポプラ社　四六判／上製／二三八頁

東京ホタル

中村航、小路幸也、穂高明、小松エメル、原田マハ

川が青く光る夜、やさしい「奇跡」が起こる。学生時代の恋人と再会した夜に、音信不通だった母と出会った日に――。人気作家5名が東京の新しい原風景を描く、極上のアンソロジー。

ポプラ文庫　文庫版／並製／二〇四頁

3時のおやつ

加藤千恵、山崎ナオコーラ ほか

お母さんがつくってくれたケーキ、友だちの家でごちそうになった不思議なおやつ、どんなに豪華なお菓子より魅力的だったアレ……。30人の人気クリエイターが、おやつにまつわる思い出を語ったエッセイ・アンソロジー。

ポプラ文庫　文庫版／並製／一九九頁